EN PLEINE LUMIERE

LAURA FRIEDMANN

La grande colline qui menait à ma seconde cure m'avait essoufflée. J'étais fortement haletante lorsque j'ai sonné à la porte. La lourde odeur de nicotine qui flottait dans l'air n'avait pas arrangé mes affaires, quatre garçons discutaient de bécane la cigarette au bec et le café dans une main. La secrétaire, dame d'un certain âge m'avait demandé mon nom puis dit d'attendre que le psychiatre me reçoive. J'ai alors sorti un magazine en russe pour me donner une contenance et j'ai fixé la machine à bonbons. Je les voulais tous. Au moment où j'allais mettre une pièce pour obtenir un régal pour les sens, le Docteur Tournier m'en avait empêchée, il m'avait signifié que je ferais mieux de le suivre.

Grand, mince , style frite Mac Do, les lunettes couchées sur le nez, le crâne apparent. Un physique somme toute passe partout mais qui inspirait confiance. La conversation avait vite rimé avec entretien d'embauche. Je devais prouver que je méritais bien ma place au sein de ses malades. C'est dans la rédaction d'une vraie lettre de motivation orale dans laquelle je me suis lancée. Celle-ci ne contenait ni point, ni même virgule. J'y suis allée sans relâche, je la voulais cette place.Le docteur Tournier a gratté son semblant de barbe, il avait besoin de se sentir utile et avait balbutié:
- Je ne sais pas trop ce que nous pouvons vous apporter mais nous pouvons essayer.

Je lui avais presque arraché les mots de la bouche, il ne semblait pas décidé à m'ouvrir les portes de cette maison où malades tutoyaient les soignants et où ceux-ci étaient habillés en civil. Un regard posé sur ce qui s'appelait la salle de séjour m'avais permis de voir que cet endroit abritait beaucoup de dormeurs et de joueurs de Scrabble. Des ronflements s'échappaient de bouches malodorantes et des jurons fusaient entre la pose de lettres sur le plateau. Je n'avais pas franchement envie de dormir ni de jouer alors je me suis assise et j'ai attendu patiemment. Il n'a pas fallu longtemps à monsieur Sourire pour me repérer. Monsieur Sourire? Deux têtes de plus que moi, mince et un très large sourire sur les lèvres en toute circonstance. On aurait dit l'idiot du village. Il répondait au nom d'Olivier. Cela faisait plus de deux ans qu'il était dans cet hôpital aux murs jaunis de vieillesse. La guérison n'avait jamais pointé le bout de son nez pourtant il sentait clairement l'exultation.
- T'es nouvelle ici? m'avait-il demandé.
- Oui, je viens tout juste d'arriver, avais-je répondu comme si j'étais contente de déposer mes valises après six heures de vol perturbées.
- J'ai envie de m'en griller une, tu viens dehors?
- Je ne fume pas mais d'accord.

Et je l'ai suivi dans la petite cour. Il avait la peau mate, ses origines méditerranéennes devaient y être pour beaucoup, ses longues mèches brunes venaient revêtir son front. Le vent nous chatouillait délicieusement les narines et je toussotais à cause de la cigarette que je respirais à plein nez. Huit fumeurs autour de moi qui ne parlaient que clopes et médocs. Où avais-je atterri ? Tout le monde s'étudiait avec précision afin de réussir à deviner la pathologie dont les autres étaient victimes. Si une équipe de télévision avait été présente, l'émission se serait très volontiers appelée « Hospital story ». Ne voulant commettre aucune gaffe, je me suis abstenue de participer à ce petit jeu dangereux. J'avais bien remarqué des flots de paroles étranges, des dégaines transpirantes de bizarrerie mais je n'ai pas voulu me la jouer plus médecin que les médecins. Non, je n'ai pas souhaité partir à la chasse aux secrets. Chacun protégeait le sien du mieux qu'il pouvait. Mes nouveaux camarades s'évertuaient tellement à les cacher qu'ils ne les voyaient même plus eux-mêmes. Un peu comme s'ils cherchaient à les amoindrir voire à totalement les oublier. Cette mascarade était servie aux médecins qui, calepin en main, en perdaient tous leurs moyens.

Nicolas n'exprimait pas le moindre désir mais il ne se sentait en rien dépressif. Vincent chipait toutes les pièces jaunes de ses potes et se plaisait à repartir les poches bien pleines mais refusait de se faire taxer de cleptomane. Aurélie s'amusait à jouer au yoyo avec ses humeurs tantôt exaltées, tantôt contrariées mais n'acceptait pas de revêtir le costume de la bipolarité. Les tenues devaient leur paraître trop larges ou alors trop étroites. Elles ne cadraient pas avec le personnage qu'ils voulaient se donner. Comme sur une scène de théâtre, esquinter son image, la briser, chaque fois un peu plus, n'était-ce pas là, déjà, le lot de leur quotidien en proie à la maladie dévorante de l'esprit?

J'ai rencontré bon nombre de talents dans ce qui pouvait aisément se confondre avec une maison d'artistes non rémunérés : des plumes sacrément bien coiffées, des cordes de guitare sauvagement bien accordées, des coups de crayon superbement envoyés, des joutes verbales délicieusement placées, des pointes élégamment exécutées. Je ne savais pas où trouver ma place. Quel était mon clan? Une écorchée vive oui, je l'étais, peut-être même plus que cela, mais cela suffisait-il à faire de ma personne quelqu'un de talentueux? Je participais aux ateliers des plumes enchantées même si la mienne n'avait pas encore été domptée. Elle se déchaînait dans tous les sens, partait dans toutes les directions possibles comme déboussolée. J'aimais quand Aurélie nous livrait ses trois lignes riches en poésie. Lorsqu' Edouard nous régalait de métaphores renversantes. Loïc lui, taquinait les verbes avec une telle parcimonie que je me demandais comment il parvenait à bâtir des histoires.

Monsieur sourire ne possédait aucun talent

apparent si ce n'est la dextérité avec laquelle il portait la clope à sa bouche. Il s'en grillait une à chaque bouffée délirante, il noyait son anxiété dans les nuages de fumée et balançait le mégot dans le premier caniveau du quartier. Il avait une manière élégante de jouer avec le feu, il ne se brûlait jamais. J'aimais le regarder tirer sur sa cigarette, je crois que j'aimais le regarder tout court. Ses risettes me faisaient l'effet d'un bain bien chaud après une grosse journée de pluie, elles étaient réconfortantes, apaisantes. Si certains patients arboraient des mines aussi affligeantes qu'un SMIC horaire pour un bac+8, lui habillait notre journée de rires et autres délices.

Café à la main, je me tenais devant la porte d'entrée les cheveux emmitouflés dans ma capuche pour me protéger de la pluie naissante qu'offrait ce mois d'octobre des plus tristes. Romain s'était timidement avancé vers moi, tout son être empestait le Whisky-cigarette alors que ma montre n'affichait que neuf heures pétantes. Il avait ouvert la bouche et j'ai eu un léger mouvement de recul devant cette haleine des plus repoussantes. J'ai cependant été discrète, je ne voulais pas que ma gêne prenne le dessus. Il m'avait fait une proposition qu'il m'avait livrée sans carton d'invitation.
- J'organise une petite fête chez moi ce soir, ça te dit de venir? On sera six.

J'entendais d'ici les capsules de bibines sonner,

je sentais les clopes me piquer déjà les yeux, je percevais des confidences lugubres qui mettraient mes nerfs à vif mais j'ai dit oui, et avec l'excès qui me caractérise, j'ai même ajouté que c'était avec grand plaisir. Il avait souri me rendant ainsi compte qu'il avait déjà confié un sacré pactole au dentiste et que d'autres travaux étaient certainement prévus prochainement. J'ai mâchouillé un chewing-gum pour taire l'odeur de café qui s'évaporait de ma bouche. J'en étais à mon troisième café de la matinée. Ces centilitres parvenaient quelque peu à me sortir de l'état léthargique dans lequel je m'étais enfoncée pendant tous ces interminables mois. Je n'étais plus ce vilain brocoli dont personne n'avait voulu au marché car passé de fraîcheur, j'étais à présent désirée, on venait de m'inviter. Petite, on ne m'invitait que très rarement, on devait penser que j'allais repartir avec les meubles qui siégeaient dans la salle à manger. Une camarade de classe avait cependant eu l'audace de me convier chez elle un mercredi après-midi. Rondelette et jalouse de me voir si fine, elle m'avait placé une petite boîte dans les mains, celle-ci contenait une généreuse poignée de bonbons, tous plus sucrés les uns que les autres.

J'avais alors ouvert de très grands yeux, j'étais subjuguée, je voulais tous les dévorer, les odeurs me montaient au nez et le tout s'enfonçait dans ma gorge toute quémandeuse de douceurs. Ces bonbons-là, elle n'y toucherait pas, régime oblige à l'âge de huit ans. J'ai profité de l'absence de la petite rondouillarde pour m'emparer de la boîte à bonheur, l'emmener aux toilettes et avaler tout ce qu'elle contenait. J'avais peur qu'elle entende mes mastications alors je tirais la chasse à chaque bouchée. Deux malheureuses minutes pour 726 calories ingurgitées sur les cuisses juste après cette orgie. Je n'ai jamais eu vent de cette boîte, ni même de cette gamine à laquelle j'avais chipé ses douceurs pour le plus grand bien de son être.

Il était 19 heures quand Romain m'a ouvert la porte de son studio, ou plutôt son fumoir à en juger par les effluves qui se promenaient sur les murs refermant ses 11 m². La peur d'être en retard remontant à l'école primaire ne m'ayant jamais vraiment abandonnée, je suis arrivée la première avec mes olives et mes paquets de Chips sous le bras.
- Merci d'avoir pensé à la bouffe. Pose ça là, m'avait-t-il soufflé tout en décapsulant une Despe.
J'étais un peu mal à l'aise de me retrouver seule avec ce type dont je ne connaissais que le prénom et une forte appétence pour la rincette et les cigarettes Pueblo, mais il m'avait invitée, il avait bien voulu prendre ce risque. Je me suis mise à parler médicaments, ma voix était haut perchée, à tel point que Romain m'avait avoué que son voisin avait les

oreilles baladeuses.
- Personne n'est au courant pour les médocs dans l'immeuble, m'avait-il confié.
J'ai alors opté pour une tonalité plus douce, plus calme à l'image d'un hypnotiseur cherchant à réduire la faim de son patient. Romain se laissait doucement bercer par la musicalité de ma voix quand la sonnerie a retenti. Monsieur sourire était sur le paillasson, les bras chargés de sacs contenant de belles bouteilles. Monsieur sourire était une personne charitable, au grand cœur. Il a posé le tout à terre et m'a claqué deux bises.
- Ça va, ma belle?
J'avais répondu par un sourire dévoilant toutes mes dents et surtout un bout d'olive noire resté coincé entre elles, je le sentais et j'avais honte mais sa discrétion m'avait tranquillisée. J'ai emprunté le chemin de la minuscule salle de bain pour m'y observer. Mon brushing très travaillé trahissait mon envie de séduire, de ne pas repartir le cœur vide. J'y croyais encore même si l'amour ne m'avait pas étreinte depuis le passage éclair d'Adrien. Je ne savais pas quelle stratégie adopter: diriger mes pas vers Monsieur sourire ou bien le laisser venir me cueillir.
En revenant dans ce qui tenait lieu de salon, j'ai pu apercevoir Sylvain, Frédéric et Annabelle affalés dans ce canapé jauni par les mégots qui les avait reçus plus d'une fois. Les convives étaient rapidement venus à bout de leurs paquets de cigarettes, Romain et Frédéric avaient descendu les six étages qui les

séparaient du tabac du coin. J'avoue avoir été bouffée par l'angoisse quand, une heure après, ils sont réapparus clope au bec avec ce papy au bras. Un papy de quatre-vingt cinq ans au milieu de patients affichant la bonne vingtaine.
- Enchanté messieurs, dames. Je m'appelle Robert. Je ne retiendrai sûrement pas vos prénoms du fait de mon âge avancé mais comment vous appelez-vous? avait-il demandé avec la politesse d'un autre temps.
Pendant un instant, j'avais eu envie de fuir, je me suis clairement demandé ce qu'avaient trafiqué Romain et Frédéric et surtout où ils avaient dégoté ce pépé qui n'avait encore rien perdu de sa superbe éloquence. Je suis restée, cela aurait été impoli de prendre la fuite ainsi. Robert nous avait déballé son étonnant CV. Il avait repris la boucherie familiale avant de se faire repérer pour incarner les rôles que Molière semblait lui avoir dessinés. Un comédien, un artiste parmi nous. Je l'avais regardé avec des yeux admiratifs. J'avais eu envie de jouer les journalistes, de me lancer dans une interview mais je n'avais pas de micro pour y inscrire ses mots. Les autres n'étaient pas non plus avares en questions. Sylvain à la coupe hirsute dégageait de faux airs de metteur en scène mais je crois que c'est lui-même qu'il voulait mettre derrière le rideau rouge. Monsieur sourire écoutait le son de la conversation en tirant quelques lattes sur sa sèche. Une nuée de fumée a croisé mon iris, il m'avait demandé si je voulais qu'il repose sa cigarette, je lui avais dit de continuer, qu'il était délicieux à regarder.

Il a dû me prendre pour un personnage dément tout droit sorti d'une pièce de boulevard quand je lui ai proposé de me raccompagner là maintenant, tout de suite, sans transition. Il a écrasé son mégot dans cette coquille saint jacques faisant office de cendrier, pris la main et m'a lancé:
- Viens, on s'en va.

Nous nous sommes engouffrés dans un métro riche en passagers. Un colis suspect nous avait fait emprunter une correspondance et nous n'en finissions plus de piétiner. Je m'en fichais, je profitais de sa présence, c'est tout ce qui m'intéressait. Des musiciens proposant des chansons en castillan n'avaient pas su retenir notre attention. Nous avons fait la sourde oreille à tous ces «*Te quierooooooooooooooooooo mi amorrrrrrrrrrrr*» qu'ils chantaient, canette de Leffe à la main. Les maigres pièces se faisaient rares dans leur gobelet à moitié troué. Si leur voix raisonnait dans tout le wagon, les récompenses financières s'en voulaient pauvres.

Le bout de sa cigarette dessinait des nuages blancs qui venaient colorer la nuit noire dans laquelle nous nous enfoncions. Monsieur sourire traçait de

grandes enjambées sur un sol tâché par les gouttes de pluie encore fraîches. Le vent balançait un agréable parfum dans l'air. Je le respirais avec gourmandise.
- Tu veux monter?
- Où? Chez toi?
- ... Oui, ma mère est absente.

Un étage plus haut et j'ai saisi la clé qui dormait au fond de mon sac. J'ai ouvert la lourde porte et il avait ainsi pu y apprécier la décoration couleur caramel qui lui rappelait ses origines sudistes. J'ai imposé un fond de musique comme pour nous accompagner dans ce tête à tête intimiste et je me suis mise à danser. Je m'agitais passionnément sur le rythme que la radio voulait bien nous présenter. Monsieur sourire me regardait avec une espèce d'envie mêlée à une certaine gêne.
- Tu veux de la glace à la vanille?
- Je veux bien une boule, s'il te plaît.

Alors nous avons jeté les coussins par terre et nous nous sommes installés sur le canapé l'un à côté de l'autre. Nous étions tout près. Mes cuisses avaient effleuré les siennes, si maigres qu'on aurait dit celles d'un chat tout mouillé. Il avait scruté mon visage comme pour voir si des boutons y avaient été cachés par un mauvais fond de teint et, comme à son habitude, il avait souri. Je lui avais offert la même réplique et suis allée jusqu'à lui proposer mes lèvres parfumées. Il les a d'abord refusées.

- Non, il ne faut pas...Pas avec moi...Je ne peux pas...avait-il marmonné.

J'ai fait mine de ne pas saisir ces balbutiements, j'ai fait ma gourmande, j'en ai redemandé. Cette fois-ci, nos lèvres se sont cherchées pour mieux se rencontrer. Un baiser est venu conclure ce jeu auquel nous nous livrions tels deux prépubères. Il a posé sa boule de glace et m'a attrapé la bouche dont il a préféré se nourrir. Il n'avait de cesse de répéter «qu'il ne fallait pas» mais il le faisait quand même. Je le mettais droit devant ses contradictions. J'ai éteint la radio qui, à cette heure-ci, n'envoyait plus de musique mais d'insupportables publicités pour horoscope. J'ignorais ce que l'avenir nous réservait et je crois que dans le fond, je ne voulais pas le savoir. J'avais envie de me laisser guider, surprendre, oui je désirais voir par moi-même quel destin m'avait été griffonné. J'ai alors repensé aux ébauches qu'il avait réalisées dans le passé, il m'avait dessiné le portrait de mauvais garçons. Je les avais tous effacés. Je sentais, du moins, j'espérais que le destin m'avait tracé un autre chemin au sort plus joyeux avec Monsieur sourire. Nous avons évoqué notre passion pour les mots, cet amour dévorant qui nous avaient poussés à recourir à de belles conjugaisons à la première personne du pluriel du futur proche.

La nuit ayant clairement marqué son territoire avec son lot d'étoiles, il est reparti chez lui à pied. Il appréciait tellement les formes verbales que, le long du chemin, il m'en a envoyé une toute aussi savoureuse à la première personne du présent, qui soufflait la conjugaison du verbe aimer. Si mon esprit a pensé que c'était prématuré, mon cœur lui, s'est fortement délecté de ces trois mots envoyés. Cette nuit-là, j'ai placé mon portable tout contre mon oreiller et, pendant que Morphée s'occupait de moi, je n'ai rêvé que de mots d'amour.

Les minutes se sont excitées sur le cadran comme un anaphylactique tentant d'échapper à une horde de guêpes. C'était la frénésie totale. Cela faisait près de quatre heures que j'étais à la maison des artistes et aucune trace de Monsieur Sourire. Annabelle avait essayé de gagner ma sympathie en me faisant parler de moi mais je n'avais nullement envie d'être aimable. Je commençais sincèrement à patauger dans une mare d'angoisse de laquelle je ne parvenais pas à m'extirper. A croire que je me plaisais à m'égarer. Mes camarades en bon canards boiteux s'évertuaient à me faire reprendre pied mais je m'effondrais. Pire que cela, je coulais. J'ai définitivement coulé quand j'ai reçu le SMS me signifiant que plus aucun futur ne serait conjugué entre Monsieur Sourire et moi. Une larme encore une fois coincée au fond de la gorge bien resserrée, j'eus la plus grande peine à m'exprimer. Mon corps lui, parlait par ravissantes tâches pourpres qui avaient gagné mon visage ainsi que mon cou.

J'ai rejoint le clan des fumeurs et laissé les dormeurs à leur canapé bien moelleux. Dehors, la fraîcheur était à l'honneur, les cigarettes et les cafés venaient réchauffer l'atmosphère un peu trop glaciale. J'ai aperçu Monsieur Sourire, il m'a fait un signe de la main et a foncé dans ma direction. J'ai voulu m'échapper comme s'il s'était trompé de cible mais je suis restée comme une imbécile à écouter un monologue mal préparé.
- Tu comprends, toi et moi, ce n'est pas possible. Je ne peux pas t'inclure dans ma vie, j'ai ma propre histoire à écrire et je ne sais même pas par où commencer et puis,...

A ce moment bien précis, je l'ai coupé dans sa diatribe qu'il pensait savoureuse, attrapé sa tête entre mes mains tremblotantes et j'ai avancé mes lèvres. Il puait la nicotine mais ça m'était égal, ses lèvres parcouraient à nouveau les miennes et c'était délicieux. Une historiette nous mettant joliment en scène s'était laissée écrire et, au bout de six mois, il avait reposé la plume dans l'encrier. Plus d'imagination, la créativité s'était comme volatilisée, les mots tendres s'étaient fait invisibles pour arriver à l'état néant. Une chute vertigineuse, plusieurs étages, tomber ne pouvait que me faire mal et me laisser d'évidentes séquelles.

Six mois plus tard

Vous serez en contact avec une clientèle internationale et les langues étrangères sont fortement requises. Un petit coup d'œil à la case salaire tout de même m'a permis de constater que ce travail n'était pas des plus chaudement rémunérés. Mon compte bancaire n'en ressortirait pas mieux habillé mais peu importait, j'avais besoin de m'occuper l'esprit et de lui faire connaître une autre cadence. Je voulais réitérer l'expérience professionnelle même si ma première s'était soldée par un méchant épuisement autant physique que psychique. J'ai ouvert ma boîte mail vierge de tout courriel en faisant cadeau de mon CV au responsable d'une agence de tourisme.
Le directeur de l'agence m'avait aussitôt contactée pour me proposer un entretien le lendemain, laissant ainsi éclater quelques notes positives sur mon visage.
- Excusez-moi, je suis fort en avance, j'ai rendez-vous avec le responsable de l'agence pour un entretien, ai-je dit tout en prenant soin de ne pas bafouiller bien que mon émotion était nettement palpable.

Intérieurement, je pestais et me répétais que je haïssais les entretiens où l'on est tiré à quatre épingles, alors que sous les vêtements, nous sommes parfois loin d'offrir un parfum des plus fleuris. Je pestais aussi parce que les questions posées sont souvent des puits sans fond dans lesquels l'on s'enfonce avec une aisance déconcertante. J'aurais souhaité pester davantage mais je n'en avais plus le temps. Monsieur avait enfin daigné arriver après m'avoir fait poireauter pendant vingt-sept minutes, horloge à l'appui.

- Vous m'avez l'air tout particulièrement nerveuse, avait-il fait tout en caressant son bouc du bout de ses longs doigts velus. Pourtant, à ce que je vois, vous avez fait du théâtre, n'est-ce pas?

- C'est exact Monsieur, avais-je répondu en m'en voulant presque d'opter pour cet excès de politesse envers cette tête d'abruti pour le moins antipathique. Je me suis vite aperçue que je faisais trop petite fille modèle avec mon brushing à la japonaise qui me conférait un air des plus sérieux. Cette tenue facilement comparable à celle que porterait un professeur sur le point de rendre des   copies parsemées d'encre rouge. J'avais voulu jouer les grandes dames, toute cintrée dans mon tailleur mais je n'avais même pas été invitée à prendre place.

- Pourquoi avoir postulé à un poste d'agent commercial du tourisme? avait-il voulu savoir.

Un petit temps d'arrêt s'était laissé marquer et ma salive, bien que légèrement amère, m'avait permise de lui balancer qu'au-delà de ma timidité, j'aimais le contact avec les gens. Chose fausse. Heureusement qu'il n'avait pas de détecteur de mensonges sur lui. J'ai une aversion pour le téléphone, je bégaie facilement devant un public, je ne sais jamais quelle réplique envoyer alors il m'arrive de raccrocher au nez de mes interlocuteurs, mais ça, je m'étais bien gardé de le lui confier.
C'est un:
- Je souhaite un poste à mi-temps, qui m'échappa de la bouche. Dans l'excitation, j'ai failli lui révéler mon passage par la case burn out, me ravisant à temps en me mordant la langue.
- Je ne m'y oppose pas, avait-il déclaré avant de gagner mon sourire.

Entre deux coups de fils intempestifs, nous bavardions entre collègues, nous ne nous privions pas de nous moquer du touriste américain à chapeau vert avec cette plume qu'il avait cru être à la mode parisienne en nous offrant cet accoutrement. Nous ne manquions pas de remarquer celui qui espérait que les portes du Moulin Rouge allaient lui être ouvertes alors qu'il s'était pointé en short et tong pleines de sable

dégoté à Paris Plage. Nous pestions contre les clients qui ne nous gratifiaient même pas d'un «bonjour» ni d'un simple «Hi» pourtant plus facile à lâcher dans sa langue d'origine. Certains se permettaient d'y faire même salon de thé sans nous offrir les gâteaux qui vont avec. Stationnant dans nos banquettes destinées à notre clientèle avec un sans gêne qui n'avait d'égal qu'eux-même. Ils déblatéraient pendant des minutes considérables en allemand, portugais, italien, espagnol et j'en passe, sur ce qu'ils aimeraient faire dans la ville mais réalisaient vite qu'ils ne feraient rien de tout cela car leur porte-monnaie en fin de parcours se réduisait à une peau de chagrin. Si mes collègues affichaient une mine toute aussi désespérée qu'un rapport sexuel mal exécuté, moi, je m'amusais dans cet univers aux mille langages. Je prenais un malin plaisir à charger l'accent, à taper sur les voyelles. Je chantais en portugais, j'agressais en allemand, je séduisais en italien…
- Tiens, c'est pour toi, un couple de russes! m'avait lancé Aline ravie de pouvoir ainsi s'en débarrasser aussi vite qu'il était apparu.

L'homme jouissait d'une musculature fort costaude alors que sa femme elle, était toute menue. Je me suis fait une joie de leur présenter toutes mes connaissances de la langue russe. Ces derniers pensaient se faire arnaquer par les pauvres employés que

nous étions. Le russe s'était tellement égosillé que la responsable était descendue en trombe manquant presque de tomber des escaliers. J'avais alors offert un spectacle à l'accent fort prononcé. Ils écarquillaient tous les yeux! Plus nous échangions avec eux et plus nous plongions dans l'incompréhension totale. Ils avaient confié leur numéro de carte bleue à leur hôtel et pensaient ainsi avoir réglé la totalité du montant exigé à leur entrée au sein du Lido. Il n'en était rien. Quand j'y repense, j'avais gentiment souri ce jour-là, mais dans le fond j'étais fortement exaspérée de leur méfiance à notre égard. Mes collègues avaient salué ma performance en tentant de calmer leur ardeur slave. Comme sur une scène de théâtre, j'avais revêtu un autre costume, parlé très fort, calqué mon accent sur celui de ce gros type en marcel et assuré ma partition jusqu'à obtenir les deux cents euros tant de fois réclamés. Quarante minutes de russe à n'en plus finir pour cette malheureuse somme! Au moment de me tendre la liasse de billets de vingt euros, ils m'ont demandé ou j'avais appris leur langue pourtant si inaccessible.
-Dans les livres..., avais-je répondu, tout en restant évasive sur le sujet.

Nous faisions face à toutes les situations, celles de ceux qui nous prenant pour l'Office du Tourisme nous bombardaient de questions. Il nous interrogeaient sur des rues introuvables, d'endroits aux noms improbables, où encore nous demandaient où se trouvait la rue de la Pompe pensant que cette dernière se situait en plein Pigalle... Il ne fallait pas une grande imagination pour comprendre ce que Paris représentait comme espérance à ces pauvres touristes égarés. Lorsque nous leur donnions satisfaction, un minuscule sourire forcé prenait place sur leurs lèvres mais le « merci » ou encore le « thank you» ne venait pas toujours.

J'aimais mes collègues, je les aimais beaucoup même. C'étaient elles qui me faisait tenir car la rémunération n'était guère appétissante, elle n'avait pas de quoi vous réchauffer en plein hiver. Monsieur, lui palpait une alléchante somme d'argent en fin de mois pour roupiller dans son bureau si douillet. Les responsables craignaient tellement la crampe linguistique qu'ils nous renvoyaient la balle à chaque rebond.

J'étais la seule à travailler à mi-temps; même Mélanie, tellement enceinte, qu'elle en était presque sur le point de nous lâcher le bébé dans les locaux, bossait à plein temps. Mes collègues étaient au bout du rouleau et pourtant elles affichaient toutes dix-neuf ans au compteur. Les miens étaient loin derrière. Job d'été? Fort probable car aucune possibilité d'évolution possible, tous les sièges où il fleurait bon la copieuse rémunération étaient occupés.

Les clients russes, allemands, italiens et brésiliens m'étaient réservés sans que la moindre augmentation ne me soit jamais accordée. A l'agence, c'était un véritable défilé de jolies jeunes filles, toutes naïves, malléables, le genre à ne pas aller chercher un poil incarné sur un sexe totalement imberbe. J'accompagnais la clientèle aisée à la Tour Eiffel, je jouais le guide alors que je ne connaissais pas franchement dans ses moindres recoins historiques cette ville dans laquelle j'avais tracé bon nombre de mes pas.
Lors d'une chaude journée estivale, rentrant à peine d'une visite, aux relents de déjà vu, la tant redoutée Ornella m'était tombée dessus.
-Tu peux venir?!, m'ordonna-t-elle de sa voix désagréable. J'ai accouru sans rechigner.
-Qu'est-ce qui t'a pris d'accepter une réservation alors que le bus est plein?!
-Euh… Je ne vois pas de quoi tu veux parler…, m'étais-je mise à balbutier telle une femme au régime prise la main dans le sac en train d'engloutir de la bonne matière grasse défendue alors qu'elle s'était jurée que l'on ne l'y reprendrait plus. J'étais perdue, je n'avais pas les mots pour me défendre. Une autre collègue s'était en réalité connectée sur ma session par erreur et avait validé cette réservation objet de tous les

courroux. Ornella était furibonde, elle voulait paraître grande mais elle l'était surtout par ses talons de sept centimètres que l'on entendait claquer à chacun de ses pas.

- Ornella, la prochaine fois que tu auras quelque chose à me reprocher, tu trouveras une autre manière d'y parvenir; tes phrases contenaient trop de points d'exclamation.
Son visage avait gagné en rougeur, les rôles s'étaient alors inversés. Elle m'avait présenté ses excuses que j'avais intelligemment refusées me permettant ainsi de remporter pleinement la partie.

Le lendemain, j'offrais toujours mes compétences à l'agence alors que le sommeil n'avait pas été des plus réparateurs. La nuit avait été riche en mauvaises pensées et quelques larmes de colère face à cette injustice avaient été versées. Je marchais tel un zombie dans cette chaleur qui avait donné rendez-vous à 34°, c'en était presque de la maltraitance. J'avais clairement envie d'apporter mon savoir-faire ailleurs. J'ai constaté avec dépit que les ventilateurs étaient dans le même état que moi, ils tournaient au ralenti et ne nous apportaient aucune fraîcheur. Brassant de l'air brûlant, mes bras se raidissaient au fur et à mesure que je tentais de taper les noms des clients pour le Lido. Je me suis sentie comme au bord du malaise voire de la descente d'organe. J'ai tenté de me divertir en écoutant les blagues de mes collègues. En vain. C'était dimanche et le calendrier était bien là pour me rappeler que c'était la fin de la saison donc la fin des recettes et surtout le début de l'ennui.

J'ai attrapé le combiné, composé le numéro de la responsable, bredouillé quelques mots, lui laissant entendre que je n'étais pas en grande forme. Elle avait débarqué et m'avait balancé un:
- Bah alors, qu'est-ce qui se passe? se voulant pleine de compassion mais puant finement l'hypocrisie.
- Je suis désolée, il faut que je rentre.
Je n'ai plus jamais remis les pieds dans cette agence. Mon corps ne la supportait plus, j'étais trop réactive mais pas comme le directeur l'entendait. Lui, voulait que tout aille vite, que les ventes s'exécutent, l'argent primait. Mon corps avait dit stop, alors je l'ai écouté, comme un enfant de sept ans à qui on a promis une belle image en cas de bonne conduite. Je suis rentrée chez moi et me suis baladée sur la toile à la recherche d'une autre agence susceptible de m'accueillir. Après tout, ce travail me plaisait, mon corps m'avait simplement dit de partir. Je l'ai fait sans regarder dans le rétroviseur. J'ai alors fait circuler un peu partout mon

bout de CV que j'avais gonflé à l'aide de mes chères langues étrangères obtenant ainsi une réponse peu de temps après.

Le type, non pressé de faire ma connaissance, m'avait donné rendez-vous trois semaines après. J'étais pourtant ravie, j'attendais ces trois semaines avec une impatience que je ne savais voir diminuer. Je m'amusais à me remémorer les phrases clés dans toutes les langues possibles. Dix langues sur un CV, forcément ça interpellait un minimum! Mensonge? Réalité? Admiration? Jalousie? Je suscitais la curiosité...

Une poignée d'années auparavant, j'avais été convoquée par un hôtel 5 étoiles et la dame à la corpulence aussi fine qu'une savoureuse tranche de rosette de Lyon n'avait qu'à me citer une langue pour que je lui livre des monologues dans les sonorités attendues. Admirative, elle semblait l'être. Elle ne m'a pas retenue.

Les trois fameuses semaines s'étaient entremêlées sur le calendrier et mon rendez-vous se tenait au bout d'une cour fort fleurie. Le type m'avait saluée, ouvert la lourde porte qu'il avait immédiatement refermée et six yeux s'étaient braqués sur moi. Des

tasses de café étaient elles aussi présentes sur les tables mais j'avais refusé l'invitation à y plonger mes lèvres car elles m'auraient trop délié la langue, m'auraient fait partir dans tous les sens tel un jeune chien fou. Les six écoutilles m'ont mise mal à l'aise surtout quand elles ont voulu entendre si l'agence que je venais de quitter «marchait bien». La grande imbécile que je suis leur avais révélé que « ça suivait son cours, que «l'argent faisait son chemin dans les caisses». Trois sourires étaient venus se dessiner sur leur tête de faux idiots et leurs ouïes se prêtant davantage à mes confidences. C'était une rafale de questions qui s'est abattue sur ma personne. Comment avais-je fait pour parler autant de langues? Est-ce que je me verrais bien accompagnatrice de groupes à la Tour Eiffel?
- Mais c'est précisément ce que je faisais dans l'autre agence leur avais-je dit.
- Que faisiez-vous d'autre? Comment s'en sortent-ils? J'ai senti leurs grandes oreilles à l'affût de la moindre information que j'étais prête à lâcher. En grande naïve, j'avais brillamment joué au facteur et livré le tout à la bonne heure ne m'en sentant que plus légère. Cet entretien n'avait rien d'un vrai entretien. L'ambiance était très franchement à la camaraderie, le tutoiement en moins. Ils ne m'avaient pas quittée du regard, avaient ri à toutes mes phrases. Puis, je me suis mise à les observer attentivement et une vague de

gêne m'a dès lors recouverte, j'en avais trop dit, je le savais, je l'avais senti.
- Nous vous rappellerons très vite car votre profil nous intéresse.
J'avais le sourire jusqu'à la racine des cheveux, j'en avais presque mal mais c'était assez bon de souffrir ainsi. Je les ai remerciés de m'avoir reçue.
- C'est nous qui vous remercions!

    Les jours qui ont suivi, le portable ne m'avait pas quittée et je me suis demandé quel poste allait m'être offert. Je voulais savoir ce qu'ils m'avaient concocté. Trois jours plus tard, j'ai pris conscience de la chose, je me suis revue, leurs oreilles grandes tendues à chacune de mes révélations, entendant encore les rires qui s'échappaient de leur gorge. Je n'ai jamais eu de nouvelles de ce type et je n'ai plus remis les pieds dans sa cour riche en fleurs. Leurs éclats de rires m'avaient fait penser que j'étais amusante, le parfait petit clown qui manquait de retenue, j'avais simplement révélé tout ce qui se passait chez leur concurrent tant redouté. Cette mauvaise blague aurait dû m'éloigner des agences de tourisme, cependant en parfaite têtue j'avais recommencé à distribuer mon CV dans toutes les boîtes mail aux alentours.
J'avais ainsi retenu l'attention d'un certain Monsieur Lao. Arrivée à l'entretien avec trente minutes

d'avance, mes mains étaient moites et mes aisselles accusaient réception de quelques auréoles.
- Dites donc, vous êtes motivée, vous! m'avait-il lancé.
- Il faut croire que oui, avais-je répondu laissant échapper un large sourire.

L'espace de travail était minuscule, juste de quoi accueillir trois employés. Il m'avait invitée à m'asseoir à son bureau et m'avait demandé si je souhaitais lui offrir quelques notes en anglais tout en buvant une tasse de café, je lui avais fait entendre que ça irait très bien sans cette dernière.
- Parlez-moi de vous en anglais, s'il vous plaît. Qui est la demoiselle qui se tient en face de moi?
Un petit raclement de gorge s'était faufilé entre le monologue de trois minutes que je lui avais servi. Il paraissait ravi, il souriait et j'ai ainsi compris que le dentiste était passé par là de nombreuses fois. Des plombages, des couronnes, un vrai roi! Il m'avait avoué avoir un faible pour mon léger accent British.
J'ai été surprise, j'avais davantage visé l'accent made in USA. Il m'a tendu trois feuilles. Un examen s'était imposé à moi. La panique était tellement présente qu'elle m'éclaboussait tout le visage délicatement maquillé pour l'événement. Il l'avait remarquée et m'avait rassurée par un:

- Ne vous en faites pas, les candidats que j'ai reçus avant vous n'excellaient pas particulièrement, vous ne pouvez que scintiller.

Je me suis armée d'un stylo et j'ai barbouillé les pages dans une frénésie des plus totales. Les réponses que je devais apporter aux mails m'avaient rapidement été soufflées par mon cerveau jouissant d'une forme olympique. La panique qui m'avait submergée s'était atténuée au fur et à mesure que je déposais le nombre de palabres requis. Monsieur Lao m'avait laissé 30 minutes, je lui ai remis les copies au bout de 10. C'est avec un regard mêlé d'étonnement et de peur qu'il me les avaient arrachées des mains. Une timide tâche de sueur se trouvait sur la première page, il me l'avait fait remarquer.
- Dites donc, vous êtes motivée certes mais stressée aussi! Il faut apprendre à vous détendre! s'était-il amusé.
Je n'ai rien trouvé de percutant à répondre, j'ai laissé couler tout comme je venais de laisser couler le stylo noir sur le papier. Ses remarques désobligeantes avaient glissé sur moi telles du savon sur un corps imbibé d'eau.
- Je crois qu'il ne faut pas chercher midi à quatorze heures, vous êtes engagée ! m'annonça-t-il.
A ce moment-là, une femme a fait son entrée dans le bureau, c'était la sienne. Il m'a présentée comme étant

la nouvelle employée. Très avenante, sa main était venue chercher la mienne, encore un peu moite.
- Enchantée, nous travaillerons ensemble, m'avait-elle appris avec un accent indien fort épicé. Je lui avais retourné un sourire des plus enjoués.
- Je vous dis à lundi Mademoiselle, avait claironné Monsieur Lao.

J'ai ouvert la porte pour trouver le chemin vers la sortie. Une petite cloche était venue tinter pour enfoncer mes pas dans les rues encore chaudes que ce mois de septembre continuait à offrir. Le temps m'avait permis de porter une robe légère que je voyais délicieusement virevolter au gré du vent. Elle s'était légèrement soulevée et un passant n'en avait pas perdu une miette, j'ai retrouvé la même gêne à laquelle j'avais été confrontée lors de mon voyage à Cuba. Il était venu me demander l'heure et moi j'avais pris peur. J'ai filé, couru attraper le métro pour annoncer la bonne nouvelle à ma mère.

Nous n'avions même pas évoqué la question de la rémunération que j'avais déjà confié carte d'identité et carte Vitale afin que monsieur Lao m'élabore un contrat indéterminé dans son clapier. Une mine réjouie semblable à celle ressentie lors d'un orgasme en avait éclaté sur mon visage, elle était tellement palpable qu'elle en était devenue difficilement dissimu-

lable. En l'espace d'une heure, j'avais connu différents états: l'excitation, la panique et maintenant la place était à la joie. Joie de retravailler, de revêtir un autre costume. Je ne voulais pas le tâcher celui-ci, il m'avait été confié après quelques minutes de négociation. Je désirais l'honorer, j'ignorais cependant s'il était à ma taille. Le lundi matin, c'est accompagné d'un lourd stress quand j'ai tenté d'ouvrir la fichue porte fermée à triple tours. J'ai rentré la clé dans la serrure et rien ne s'est produit, juste de la colère face à cette porte qui refusait mon entrée. Que m'arrivait-t-il? L'anxiété serait-elle mon escort girl à jamais ? Telle une maquerelle, m'aimerait-elle trop pour me laisser filer? Pourquoi s'acharnait-elle sur mon sort? Elle me ravageait et me détruisait avec sa fidélité. Un homme a pu lire mon désarroi sur mon visage et s'est avancé:
- Voulez-vous que je la mette? Un temps d'arrêt s'était sensiblement laissé marquer avant de lâcher:

-Pardon?
- Oui, la clé, vous voulez que j'ouvre la porte avec? précisa-t-il.
- Euh...Je ne veux pas vous faire perdre votre temps, il semblerait que quelque chose soit bloqué, me suis-je mise à balbutier.
- Ne vous en faites pas, passez-la moi.

Il me l'avait arrachée des mains et trois secondes après avait réussi à ouvrir la lourde porte en me souhaitant une bonne journée, faisant au passage, voler en éclat, tout mon stress. Il est vrai que ce dernier m'habillait à merveille, les médicaments n'avaient jamais vraiment réussi à l'éloigner. Chacun de mes pas était rythmé par une tachycardie aussi horrible qu'une couche de bébé non changée depuis plus de trois jours. Il venait sans cesse me gratifier de sa présence gratuitement alors que je ne lui avais rien demandé. Cet incident m'avait fait transpirer plus qu'il ne l'aurait fallu en cette fin estivale.

Encore toute haletante, je suis rentrée dans le bureau, j'étais seule, livrée à moi-même devant une rafale de mails attendant une réponse comme on se languirait d'un savoureux repas. Mes doigts avaient glissé sur le clavier, offrant ainsi quelques reparties des plus inattendues. Mon cerveau doutait, ne savait pas toujours quels mots adopter mais je parvenais à en griffonner de nombreux. L'escort-girl, cette sangsue, était toujours présente, nous étions en étroite relation mais elle me tenait tête, me la faisait même violemment tourner.

Un couple d'une soixantaine d'années avait fait tinter la petite cloche du bureau à leur entrée. Je leur avais offert les onze mots d'hébreu recueillis dans les manuels que ma chambre d'adolescente abritait. La conversation s'était voulue bancale voire maladroite mais hautement surpris par mes efforts, un large sourire était venu peindre leur visage. Nous avons rapidement emprunté la langue anglaise. Ils m'avaient demandé si j'étais de chez eux, je leur avais parlé de mon père et une petite pointe de tristesse s'était mise à sommeiller en moi. Je n'avais plus de nouvelles de lui. Les courses hippiques se laissaient admirer sans lui. Avant même que je ne puisse leur révéler que je rêvais de me rendre en Israël, la femme de monsieur Lao avait fait son entrée et s'était installée à côté de moi. Elle était impressionnée par mon anglais dont elle aimait la sonorité. Elle me trouvait une certaine musicalité dans la voix. Je me suis exprimée par un sourire que je ne cherchais à réprimer. J'aimais Rani, sa discrétion qui était assaisonnée de douceur. Son mari lui, avait le verbe plus cassant et attendait bien plus que ce que je n'étais prête à offrir. Je me suis mise à penser que je n'étais pas à la hauteur des missions qu'il m'avait confiées, qu'il m'avait surestimée. J'avais le sentiment de jouer un jeu de dupe en excellant dans l'imposture. Je ne comprenais pas pourquoi j'avais été choisie, j'ignorais ce que je faisais entre ces quatre murs, je n'avais pas le bon costume.

- Monsieur Lao, je préfère vous rendre les clés, c'est plus sage, ce travail n'est pas pour moi, ce n'est pas moi, je suis navrée.

- Je l'ai bien vu, vos mains tremblent sur le clavier. Vous n'avez rien à faire dans une entreprise, vous êtes une artiste, une artiste qui s'ignore.

- Une artiste? Mais qu'entendez-vous par là? Je me vautre à chaque fois en me prenant le plancher, avais-je confié.

-Les mots, vous êtes douée pour les mots, vous savez les manier. Écrivez des contes, des pièces, des romans, tout ce qui vous chantera mais surtout écrivez à vous en faire saigner les doigts.

A ma grande surprise, aucune bataille verbale en nous quittant. J'étais certes désarçonnée par son analyse mais un sourire avait rejoint mon visage. Il était fort prononcé, comme figé. Je suis sortie du minuscule bureau plus légère, satisfaite.

En regagnant le métro et il m'avait été donné à voir des personnages de toutes les sortes, certains arboraient une démarche laissant deviner que la nuit n'avait pas été savoureuse. Les cernes avaient élu domicile sous des yeux rongés par la fatigue. J'observais discrètement une petite dame à lunettes assise en face de moi, elle corrigeait fièrement ses copies, était-elle une artiste elle aussi? S'évertuait-elle à ponctuer des feuilles d'encre rouge alors qu'elle aurait dû figurer derrière un rideau rouge? Cet homme faisant la manche et qui nous offrait son texte si bien travaillé n'aurait-il pas mieux fait de courir les castings dans le but de le jouer devant un vrai public?

Le métro s'enfonçait dans le tunnel et je m'amusais à inventer la vie secrète des passagers qu'il transportait. Quels étaient leurs rêves, leurs aspirations, leurs talents cachés? L'amour que je ressens pour les mots m'avait conduite à créer mon entreprise. Ma chambre avait été transformée en laboratoire de langues. Je les pratiquais toutes. Des CD en norvégien, turc, chinois tournaient en boucle, je répétais les voix de natifs pour m'aiguiser l'oreille. Je ne comprenais pas toujours le sens des phrases que je m'acharnais à reproduire mais elles paraissaient toujours très justes. Un sourire de satisfaction se mêlait à mon excitation. Jamais rassasiée, j'en voulais toujours plus. La traduction s'était imposée à moi comme une vilaine maladie non désirée, j'avais tenté de repousser ce désir mais il avait persisté. J'avais rapidement revêtu la casquette de traductrice. J'aimais travailler de ma chambre, la petite fenêtre au-dessus de mon bureau qui portait mon lourd ordinateur me laissait entendre une véritable cacophonie en plusieurs dialectes. J'appréciais tout particulièrement cette ambiance, il ne manquait plus que le doux parfum du jasmin méditerranéen qui avait bercé toute mon enfance. Mes narines réclamaient sévèrement l'odeur du couscous de ma grand-mère paternelle alors que j'entendais des sonorités auxquelles mes oreilles s'étaient déjà frottées. Je ne les saisissais pas toujours mais savais les recevoir avec douceur.

La traduction ne fut qu'une très courte parenthèse dans ma vie, deux mois. L'envie de détenir ma propre couverture, mon titre, mes personnages avec leurs forces et leurs failles avait gagné du terrain, je ne souhaitais plus jouer la doublure. Je ne pouvais plus reculer, j'ai été saisie d'une folle frénésie, celle d'écrire mes propres histoires. Je voulais gratter du papier, qu'il crisse sous mes doigts portant le stylo agile pour qu'il file droit sur les lignes. Je me suis mise à écrire dans mon cerveau. Il pesait lourd, il fallait que je recrache le tout sur des feuilles que je me suis empressée de gribouiller. Les ratures étaient mes compagnes, j'étais habillée de mes doutes, chaque mot me paraissait faux, comme un mauvais accord de guitare. Je barbouillais le papier jusqu'à en oublier la fausse note, comme si cette dernière n'avait jamais existé. J'utilisais bon nombre de cartouches et j'adorais quand l'encre bavait, j'avais l'impression d'y laisser ma trace, mes efforts, ma force.

    Un florissant matin de mai, je me suis littéralement mise à salir des feuilles, je les agressais de mes mots, je n'ai pas joué les enfants uniques gâtés, j'ai tout couché, je n'ai rien gardé pour moi. A ce moment-là, Adrien était réapparu dans ma vie, il m'avait signifié que l'école de Pierre était en plein burn out et qu'elle allait rendre les clés avant l'été. Une légère pointe de compassion aurait été la bienvenue mais vraiment désolée, je n'avais pas réussi à l'atteindre. J'ai, cette fois-ci été très radine en sentiments. Histoire d'une vengeance bien méritée pour cette école à laquelle je m'étais entièrement donnée.
- Que deviens-tu depuis tout ce temps? avait-il voulu savoir.
- Je chatouille le papier...m'étais-je aventurée d'une voix traînante.
- Fais-moi lire, ça m'intéresse. Je te dirai ce que j'en pense.

Sa dernière phrase m'avait quelque peu affolée mais je désirais lui faire prendre connaissance de mes écrits aussi modestes furent-ils. Je me suis donc empressée de me connecter à ma messagerie pour les lui livrer. Le cœur battant, j'ai appuyé sur «envoyer». Le courriel était parti, impossible de le rattraper. Une heure plus tard, c'est mon portable que j'ai attrapé. C'était Adrien.
- Dis-moi, tu écris comme tu respires, toi!
- ...
- Allô? T'es toujours là?
- Oui, oui, ai-je balbutié.
- T'écris mal, t'es hors tempo, tes phrases sont bancales, elles raisonnent mal, c'est écrit avec les pieds, il y a tout à refaire et...».
J'ai raccroché. Je lui en avais voulu d'avoir eu autant de piquant. Incroyablement vexée, voilà le sentiment qui me possédait à cet instant. J'étais peut-être une piètre écrivaine en herbe mais j'étais avant tout un être humain et vexé de surcroît. Je n'avais pas souhaité entendre la suite de sa tirade que je devinais pleine de venin.
Un SMS avait fait son apparition sur mon portable. Adrien, encore.
- Classe, très classe!
Oui, je suis tellement classe que je n'ai plus jamais donné signe de vie à ce Docteur en lettres modernes

qui n'avait de Docteur que le titre car il ne savait pas soigner ses mots.

    Tout le monde ou presque traînaille sur les réseaux sociaux. Si certains éprouvent le besoin de crier à leur public que leur constipation n'est plus qu'histoire ancienne, d'autres se plaisent à livrer des proses d'un tout autre genre. Je flirtais avec des inconnus en leur souhaitant une lumineuse journée et autres douceurs pour les yeux. Ils me lisaient avec appétit, commentaient parfois et rapidement ça a été la bousculade. 300 demandes «d'amis» rejoignaient mon quotidien alors que j'étais incroyablement seule enfermée dans ma chambre. Je les acceptais et les faisais pénétrer dans mon univers de mots, je me livrais sans retenue, me déshabillais à la vue de l'inconnu. J'avais lâché mon costume, je n'étais vêtue que d'une plume. Ils aimaient l'encre qui en émanait, les mentions «j'aime» se voulaient très présentes sur mon mur. Je m'y suis reprise à deux fois pour faire le compte. Je n'avais pas assez de doigts mais me suis tout de même aperçue que l'ophtalmologiste ne bénéficierait pas d'un copieux chèque.

    Un message privé avait fait son entrée, il venait de Florence M. Et en effet, elle aimait. Elle m'avait

demandé d'écrire pour elle, de vêtir des personnages. Je lui avais confié que je n'avais pas le talent pour me fondre dans la peau d'une autre. Repérant un autre message, j'y avais d'abord vu la présence d'une mauvaise blague quand j'ai lu la chose suivante:
- J'aime beaucoup ce que vous faites. Pouvons-nous convenir d'un rendez-vous?

Je ne me suis pas méfiée, je me suis sentie en confiance alors que je ne connaissais pas ce Grégoire. Je ne voyais même pas son visage, seule une figure géométrique prenait place dans le cadre destiné à recevoir une identité. Rapidement, je lui ai proposé de me téléphoner. Je pense qu'inconsciemment j'avais besoin que des compliments soient délicieusement déposés dans mes oreilles. Aussitôt, je l'avais agressé de questions:
- Que faites-vous dans la vie?...Aimez-vous lire?...Avez-vous beaucoup lu?
- Je crois qu'on ne peut pas être plus proche des livres que je ne le suis déjà. Je suis libraire depuis vingt ans, je renifle des livres à longueur de journée et je trouve que le vôtre sent bon.

J'ai souri cachée derrière le combiné. Mon indiscrétion m'avais conduite à lui demander son âge.
- Quarante cinq…. j'ai quarante cinq ans, cela vous dérange?
- Pas du tout, avais-je affirmé.

- Pouvons-nous laisser le vouvoiement dans les loges? s'était-il aventuré.
- Si tu le souhaites.
J'étais toute prête à lui servir une logorrhée dont j'ai le secret quand il m'a coupée:
- Es-tu libre ce soir? J'aimerais beaucoup te rencontrer.
Mon brushing n'était plus de première fraîcheur mais je ne me suis pas formalisée et j'ai accepté avec délice. Je voulais aller à la découverte de la personne qui se cachait derrière cette mystérieuse forme géométrique et cette voix que je trouvais si douce. Je n'en ai soufflé mot à personne, j'ai gardé précieusement cette proposition égoïstement .

Deux stations de métro plus loin et une silhouette s'aventurait vers moi. Sa démarche était nonchalante mais il semblait ravi de me voir. Son sourire avait éclaboussé mon visage. Je me suis sentie rayonner. Le soleil avait pénétré le ciel d'un jaune bien vif ce qui nous autorisait à nous lancer dans une promenade des plus avenantes. Son pas se voulait lent comme s'il voulait figer l'instant. Il voulait parler uniquement de mes écrits, il les aimait, plus que cela, il

les adorait. Je n'ai pas bien compris cette manière d'idolâtrer ce que ma mère rejetait en moi. Cette minuscule graine de talent qu'elle ne voyait pas pousser en moi.
- J'ai des enfants moi aussi. J'en ai deux. Lisa huit ans et Paul douze ans, me lança-t-il.

    J'ai toujours été mal à l'aise devant les enfants et je n'ai jamais vraiment aimé qu'on me parle d'eux. De vieilles rancœurs datant de mon enfance refaisant sans cesse surface. Les morveux qui se goinfraient des bonbons que mon père apportait étaient toujours dans ma mémoire. Cette cantine ou les tables refusaient ma présence. Dans la salle de classe, la chaise n'était jamais pour moi mais pour une autre prétendante aux notes plus savoureuses. Les bonnes notes allant toujours sur les copies autres que les miennes. Les compliments destinés aux autres gamins ne me laissant que les miettes de la remontrance. Je me suis cependant abstenue de lui livrer ces tristes épisodes scolaires, je ne voulais pas briser sa narration. Il était tellement habité lorsqu'il me parlait de Lisa et Paul. J'ai appris qu'ils étaient malades, d'un mal incurable, que les médicaments leur seraient administrés à vie. Une pointe de tristesse s'était enfoncée en moi. Je ne les connaissais pas mais devinais leur mal-être.

Les médicaments font partie intégrante de mon quotidien, ils sont au nombre de trois. Trois légères doses mais quand même, elles m'accompagneront tout au long de mon chemin. Oui, je suis contrainte de battre la maladie à coups de cachetons. J'ai tenté plusieurs fois de les rayer de ma vie mais la bipolarité ne veut pas me laisser tranquille. Je pense que je dois la rassurer pour qu'elle persiste ainsi. Une vraie sangsue, une garce même. Elle est amoureuse de moi et nourrit une adoration à sens unique; cela aurait dû la décourager plus d'une fois mais elle veut me conquérir. Elle s'y prend mal, ses moyens sont ridicules. Elle n'utilise aucun mot doux ni subterfuge pour me séduire pleinement. Elle me bouffe, voilà tout. Quand je la pense partie, je me sens libre, prête à exploser de joie, la faire ricocher dans l'air puis, cette horreur vient me rattraper.

Entre le déversement de mots sur le papier et les maux tout court, je songe de temps en temps à une nouvelle occupation: me taillader les veines. Héréditaire... Sale maladie héréditaire. Mon père est pourchassé par la même saloperie. Petite, je ne saisissais pas bien d'où venaient ses crises à répétition. Les montres cassées sur le parquet, la vaisselle écrasée dans l'évier, les hurlements à en réveiller un mort, les coups de ceinture reçus...

Puis, les éclats de rire, le débit de parole fort accéléré, les dépenses superflues, l'exaltation. Et rebelote, on retombe plus bas que la première fois, la chute est violente, elle fait mal, six étages. On ne se relève que difficilement, certains ont envie de rester par terre et d'attendre. Attendre quoi au juste? Ils l'ignorent. La vie n'est pas une vie pour eux, c'est la mort; la mort de l'esprit et du corps. Me taillader les veines, non, je n'en ai pas la force. J'ai abandonné l'idée. Je veux vivre, je n'ai pas encore vécu. Je ne connais pas la vie, elle me fait peur. C'est l'inconnu total, la trouille en vadrouille. Elle m'a, elle aussi. Je crains d'être un échec sur pattes, que tout ce qui croise ma route rime avec catastrophe. Je rêve d'être talentueuse mais la maladie m'aveugle sur mes réelles dispositions à entreprendre des choses et à me réaliser. Alors que fais-je? Je doute.

Parfois j'attends, puis l'envie de griffonner me saisit violemment, alors je tape sur mon clavier et laisse les mots faire leur chemin sur la feuille blanche. Cela me donne l'impression de chasser mes maux, de les envoyer se faire foutre.

J'aimerais avoir cette petite voix intérieure capable de leur dire: «Fermez-la!» mais aucun son ne sort. Je laisse les angoisses me submerger, littéralement me posséder. Nous fusionnons et nous nous lançons dans un coupé décalé des plus endiablés. Je tente de m'échapper, je ne veux plus danser avec elle, je désire changer de partenaire mais elle me retient, il y a encore toute une play-list à assurer. Il faut jouer jusqu'au bout, et quand je l'aurai bien épuisée, elle me laissera peut-être enfin un peu de répit.

Oui, j'ai déjà posé une main courante pour harcèlement mais elle fait la sourde oreille. Un jour, je la tuerai, je lui braquerai un flingue sur les tempes et lui crierai «crève». Elle doit me laisser vivre, me laisser goûter la vie, je pense qu'il est temps. Elle se devra de partir car je vais combattre et remporter le victoire. Elle a déjà gagné plusieurs batailles mais j'ai de la mitraille en réserve, elle ne m'a pas encore achevée. Je suis encore debout, prête à marcher, courir loin d'elle. J'irai tellement loin qu'elle ne pourra pas me rattraper. Elle me cherchera, épuisée, elle paniquera, se rendra malade, en crèvera et je pourrai enfin vivre tout court».

Grégoire m'avait doucement tirée de mes rêveries et cela m'avait fait du bien. Sa présence et ses mots m'apaisaient, il sentait chez moi une sorte de nervosité semblable à celle de ses enfants.
- Vous vous ressemblez tous les trois, avait-il affirmé.

Un banc public se présentait à nous, nous nous sommes assis l'un en face de l'autre. Il m'envoyait de gros nuages de fumée au visage, c'était fort désagréable. Il empestait le tabac, j'avais du mal à respirer mais dans un élan difficilement répréhensible, je me suis lancée vers lui en lui plaquant un baiser sur la bouche. Il m'avait répondu de la manière le plus positive possible en jouant avec ma langue. Je ne voulais pourtant pas aller si loin. Nous voilà partis, nos salives partagées, sa main était délicatement venue caresser la mèche de cheveux que mon chignon laissait échapper. Je devais être plus grande joueuse que je ne voulais bien le montrer car après quelques baisers, je l'avais invité à prendre un verre chez moi. Il n'a pas refusé mon invitation. Il a suivi chacun de mes pas, ne voulant pas me perdre. Arrivés chez moi, il n'en avait que pour mes écrits, il les voulait tous, uniquement pour lui.
- Où les caches-tu? Questionna-t-il.
- Dans ce vieil ordinateur.
- Fais-moi la lecture, ne t'arrête qu'à la fin.
Il s'était installé sur le canapé du salon, il avait tout de même pris le soin d'ôter ses grosses chaussures avant de mettre les pieds sur le coussin. Je me suis lancée

dans une lecture improvisée et, sans que je ne puisse finir le premier paragraphe, je l'entendais pousser des vocalises de toutes sortes. Quelque peu agacée et déconcentrée par tant de bruit, je lui avais envoyé:
- Bon, tu vas me faire toutes les lettres de l'alphabet?!
- C'est vraiment bon, très bon, jouissif même!

    Même si ses propos frisaient l'exagération, je dois tout de même avouer qu'ils constituaient une excellente pommade cicatrisante. Je savourais ses éloges avec gourmandise, j'étais semblable à une gamine ouvrant de grands yeux devant une ribambelle de sucreries à vous en faire jouir le palais. Les caries et les couronnes m'importaient peu, c'était tellement doux! J'aimais cette tendresse avec laquelle il posait son regard sur le mien, empli de bienveillance. Parfois, il fermait les yeux comme pour mieux ressentir le poids de mes mots, du moins c'est ce qu'il me laissait entendre. Avais-je ouvert ma porte à un usurpateur sarcastique? Je m'en moquais royalement. Je lui avais livré tous mes textes même les plus inavouables, il en avait redemandé mais j'avais été au regret de lui dire qu'il y avait un point final à tout cela. Je n'avais plus rien en stock, j'avais tout donné, il avait tout pris.
-Qu'adviendra-t-il de nos baisers échangés sur le banc?
Incapable de lui proposer une réponse pertinente, je lui avais de nouveau présenté mes lèvres, il avait saisi

cette occasion de m'embrasser avec passion. Sa fougue m'a conduite à lui avouer que je voyais une suite avec lui. Je la voyais très clairement même, un objectif bien défini. Il aurait dû prendre peur, mais il m'avait soufflé qu'il était joueur et que nos chemins étaient faits pour se croiser et ne plus se séparer. La soirée avait laissé place à la nuit, le noir qui englobait le ciel était trop chargé pour que je le laisse s'enfoncer dans ce métro sans lumière. Je l'avais invité à tester mes draps. Sa musculature très mince nous a permis de partager mon lit une place sans que ce dernier ne s'y sente vraiment à l'étroit.

Je me suis réveillée au beau milieu de la nuit, il devait être 3h30 , je me suis posé la question suivante: «Qu'étais-je en train de faire?», je n'ai pas trouvé de réponse, je n'avais pas suffisamment cherché, la gourmandise faisant partie de mes défauts, j'avais dévoré l'instant c'est tout, je n'en avais rien perdu. Je l'ai observé dormir, une odeur de bière s'échappait de sa bouche au fur et à mesure qu'il m'offrait quelques ronflements mais j'y ai fait la sourde oreille en ne jouant pas la fine bouche et me suis rendormie dans le creux de ses bras.

Cette nuit-là, j'avais vu des lettres danser dans mes rêves, elles formaient des mots qui donnaient des phrases, certaines pleines de sens, d'autres plus loufoques. Une vraie symphonie. C'était beau. L'inspiration m'avait gagnée. Je suis revenue des bras de Morphée avec une forte envie de créer, je voulais dessiner des personnages. Grégoire ignorait tout de ce qui se tramait en moi. Je l'avais laissé à ses propres rêves. Avait-il rêvé de moi cette nuit-là? Il m'avait soufflé dans son sommeil un semblant de réponse quasi inaudible. J'y ai entendu une promesse de renouveau, tout comme je croyais en le talent qu'il me voyait.

  Grégoire composait aussi, il avait des cahiers entiers de poèmes pleins de figures de style que je ne parvenais pas toujours à comprendre. Je les trouvais beaux même si leur signification m'échappait par moment. Il m'avait avoué que j'étais sa muse et je m'en amusais gaiement. Il les offrait volontiers sur les réseaux sociaux trouvant au passage un public de femmes draguant la cinquantaine. Le lendemain, annonçant notre union, il avait ainsi perdu une bonne poignée de ces clitoris assoiffés. J'ai esquissé un sourire enjoué, il était à moi et à personne d'autre!

-Je veux te présenter mes enfants, avait-il déclaré deux semaines plus tard.

La proposition aurait pu me faire fuir mais au contraire elle m'avait fort séduite. Non, ce n'est pas parce que j'étais venue les mains chargées de bonbons que j'ai voulu les acheter comme mon père avait acheté mon amour et celui de mes anciens camarades. Il est cependant juste de penser que je voulais leur plaire, qu'ils ne me voient pas comme une voleuse de père. Grégoire m'attendait sagement sur le quai de métro, il était accompagné de Lisa qui tenait son petit parapluie Barbie, même si le ciel accusait réception d'un soleil si généreux qu'il aurait volontiers chassé une méchante dépression. La ravissante Lisa m'avait offert un très large sourire laissant apparaître une fossette très prononcée à la joue droite, la même que la mienne si j'observe correctement ma joue gauche. Ses yeux verts n'étaient pas sans rappeler ceux de son père, sa chevelure aurait presque traîné à même le sol si cette dernière n'avait pas soigneusement été attachée en une stricte queue de cheval.

- Où est ton frère? avais-je voulu savoir.
- Il nous attend devant sa PlayStation...T'aimes la PlayStation...T'as l'âge de papa?...T'as...
- Lisa, cesse de l'embêter avec toutes tes questions.

Cette petite n'avait rien de farouche, elle déblatérait pas loin de dix phrases à la minute. C'était presque étourdissant mais je me sentais rassurée, j'étais acceptée bien avant que mes sacs de bonbons ne sortent de mon gros sac à main. La porte d'entrée cachait un petit appartement qui puait le tabac froid. Au beau milieu du salon, Paul s'excitait sur sa console de jeux. D'une extrême timidité en total contraste avec le caractère bien trempé de sa sœur. Il était venu me claquer une bise sur le bord de la joue droite puis, il était retourné à son jeu vidéo sans mot dire. Son visage était caché par une grande frange blonde qui masquait tant bien que mal la rougeur dans laquelle ce dernier était plongé. Je l'ai senti gêné, un peu moins ceci étant, lorsque les bonbons ont fait leur apparition. Sa main se faufilait avec une grande aisance dans le sac regorgeant de sucre. Lisa tendait sa main également et moi, je me servais allègrement en faisant fi des calories qui s'installeraient sur mes hanches. Grégoire nous observait d'un œil amusé, il semblait heureux de voir que la magie prenait entre nous trois. Heureuse, je l'étais également, je souriais délicieusement. Lisa pensait que les bonbons était responsables de la joie qui m'habillait. Il faut dire que je les mangeais avec une grande frénésie, comme si j'avais peur qu'on me les pique, à l'image d'un chat devant sa gamelle contenant du jambon après avoir été forcé à ingurgiter des croquettes bon marché pendant plus de trois mois.

- C'est vrai Lisa que j'adore les bonbons. J'en mange depuis que je suis enfant mais il ne faut pas prendre exemple sur moi, avais-je dit en riant.
Une poignée de Dragibus plus tard, j'ajoutais:
- Je suis heureuse d'être là, de vous connaître. Votre papa m'a beaucoup parlé de vous.
Lisa s'était installée sur mes genoux et avait mis sa main d'enfant dans la mienne. On m'a toujours dit que mes mains étaient petites mais les siennes me donnaient le sentiment de tenir celles d'un bébé. Lisa était la tendresse incarnée, son frère un peu plus bourru n'était plus très loin d'opter pour ce genre de geste.

Grégoire avait rapidement souhaité ma présence permanente au sein de ses 42 m². Mes lourdes valises étaient donc venues se poser chez lui, au premier étage, porte gauche. Il m'avait confié un double des clés pour l'occasion et surtout pour que je me sente tout à fait chez moi bien que ma participation au loyer ne fut pas sollicitée. S'il passait ses journées à humer des livres fraîchement dégotés auprès du libraire se trouvant à l'angle de la rue, je me cachais derrière mon petit écran d'ordinateur que je noircissais de caractères. J'étais prise d'une grande frénésie. Trente pages en cinq jours. Grégoire, admiratif, venait parfois se placer derrière moi tel un maître d'école corrigeant son élève. Il savourait mes mots, goûtait avec appétit mes points et virgules. Il leur trouvait une musicalité que je ne ressentais pas moi même, ma plume souffrant d'un manque d'assurance fortement prononcé. J'y bredouillais des mots que j'effaçais aussitôt de peur que le maître d'école me colle une mauvaise note retirant ainsi tous les bons points durement récoltés. J'avais peur que les mots empruntés le déçoivent, qu'ils soient mal placés. Il veillait sur moi comme l'on surveillerait la pousse d'une plante verte que l'on vient abreuver d'eau, il voulait que je grandisse. Il ne manquait pas de prêter l'oreille à chacune de mes frappes sur le clavier. Je m'amusais parfois à taper très vite comme pour m'encourager, me mettre dans le tempo puis, fortement insatisfaite, je supprimais le tout et recommençais de plus belle. Cela virait presque au TOC. J'avais beau être assise à la table de la cuisine empestant la nourriture de la veille, j'étais très agitée du cerveau. Mes neurones s'agitaient tellement dans tous les sens que je ne parvenais que difficilement à mettre mes idées en ordre.

J'utilisais un petit cahier sur lequel je balançais des mots, parfois même juste des syllabes mais Grégoire l'avait fichu à la poubelle, le jugeant aussi inutile que le port de brassards pour un nageur de haut

niveau. J'ai vite perdu pied sans ce cahier riche en annotations. Je suis alors restée plusieurs jours sans cracher la moindre ligne. Je nourrissais mon esprit grâce aux bouquins qui échouaient dans mes mains. Je me rendais à la librairie et dépensais des sommes à trois chiffres dans des livres de poche. Arrivée à l'appartement, je m'enfermais à double tour et les caressais, j'ouvrais une page au hasard et me plongeais dans le récit. Je tentais de deviner l'avant puis l'après. J'achetais des livres parce que le titre m'avait parlé, je n'attachais pas d'importance à la couverture, je les trouvais toutes jolies à souhait. Elles proposaient une ambiance dans laquelle je voulais me fondre. Le nom de l'écrivain guidait mes choix, j'optais pour l'originalité, les noms étrangers, ceux qui ne passaient pas partout. Mes achats compulsifs agressaient mon compte bancaire peu nourri. Les livres qui peuplaient le salon avaient également leur part de responsabilité dans le découvert que Grégoire avait tenté de me dissimuler. Un matin qui s'annonçait pourtant joyeux, il me l'avait avoué de la manière la plus plate possible:
- Ce que j'ai à te dire ne va pas te plaire...Je n'ai plus de quoi nourrir mon compte.
- En effet, ça ne me séduit pas, c'est même très loin d'être bandant, n'avais-je pu m'empêcher de lâcher.

Une larme avait parcouru le long de sa joue barbue. Je n'avais pas voulu le démolir et encore moins passer pour une cocotte vénale mais il est vrai que j'avais pris peur. Cette même peur qui me tenait au ventre lorsque mon père nous avaient quittées, ma mère et moi. Je l'ai pris dans mes bras et je l'ai embrassé comme pour retirer les sales propos que je lui avais tenus. Il ne m'en a pas voulu, il m'aimait d'un amour inconditionnel. Je me refusais à détruire l'histoire que nous commencions à écrire tous les deux.

Ses enfants y étaient-ils pour quelque chose? Lisa m'appelait sans cesse « Belle maman» et un sourire se dessinait allègrement sur mon visage. Elle m'avait fortement gênée quand, une fois, à la caisse du supermarché elle s'était exclamée:
- Belle maman, tu veux un enfant avec papa? Je rêve d'avoir une petite sœur que je pourrais coiffer.

J'ai rapidement tendu mon billet de vingt euros au caissier, attrapé la main de la fillette et lui avais répondu que «papa nous attendait». Même si je ne lui avais pas offert de réponse, au fond de moi, je la connaissais très bien. Mon cœur répondait très clairement par l'affirmatif à l'interrogation de son désir profond. Nos pas s'étaient empressés de regagner le premier étage de l'appartement; après avoir délicatement tourné la clé dans la serrure, j'ai vu Grégoire à la

fenêtre, petit verre de rosé à la main. L'horloge n'affichait pourtant que 10h08. Une mince angoisse ponctuée d'incompréhension s'était enfoncée au fond de moi, comment ce fichu verre rempli à ras bord avait-il atterri dans sa paume pour être ensuite porté à ses lèvres? Une grosse bouteille avait pris place sur la table. Pourquoi étanchait-il sa soif dans l'alcool? Les cigarettes, qui dégageaient une odeur méphitique étaient éparpillées sur le cendrier qu'il avait ramené lors d'un voyage à Rome. Son visage était pourtant radieux, radieux de me voir avec sa petite au bras. Il a fermé la porte derrière Lisa et m'a tendu une jolie petite boîte rouge enveloppée d'un nœud. J'ai marqué un temps d'arrêt, j'avais comme besoin de vérifier que je n'y voyais pas flou, puis comme dans un film sentant le navet, je me suis esclaffée:
- Mais...mais, tu es fou, il ne fallait pas!
Ensuite, j'ai chuchoté la question suivante afin de protéger les oreilles des enfants qui, je le devine, devaient traîner derrière la porte:
- Avec quel argent?
- Ouvre! m'avait-il ordonné.
Mes yeux bruns se sont amoureusement posés sur une ravissante bague aux sept diamants, elle brillait de toutes ses forces et une proposition était venue maquiller ses lèvres.
- Sois ma fiancée.

Ma première demande, elle était enfin là, elle venait de me tomber dans mes oreilles, il m'avait fallu attendre trente-et-un ans pour qu'un homme désire s'unir à moi. Il est vrai cependant que j'aurais souhaité que cette bague de fiançailles me soit délivrée ailleurs que dans une cuisine qui empestait le tabac, l'alcool et autres supplices pour les narines mais je l'avais eue ma demande et j'étais fière. Un «oui» ainsi qu'un flot de douceurs verbales étaient allègrement venues se nicher lorsqu'il m'a mis la bague au doigt. Je peinais toutefois à me montrer tactile, une certaine retenue me caractérisait fortement alors que mes mots eux, volaient. Il les saisissait et s'en enivrait de plaisir. Pudique, il ne fallait pas me les faire répéter deux fois. J'étais une harpagon des sentiments, je n'aimais pas qu'on me fasse les poches. Un peu d'orgueil mal placé ou bien des sentiments trop enfouis pour que je ne parvienne pas à les montrer?

Les semaines gentiment balancées sur l'almanach, nous faisaient ainsi accepter l'été et sa chaleur très expressive. Ma peau laiteuse l'avait redoutée des mois auparavant, je savais qu'elle m'étourdirait de touffeur, que mon visage serait légèrement empourpré de souffrance et que de vilaines plaques rougeâtres viendraient recouvrir mon torse.

Lisa et Paul, en ce début juillet revenant de chez leur mère délivraient leurs cartables des cahiers scolaires pour tenter de s'adonner « au bonheur » de celui des vacances. La petite, peu intéressée par les calculs mentaux, avait vivement montré son désir d'essayer ma bague de fiançailles, je lui avais soufflé qu'elle aussi, plus tard, elle aurait un amoureux qui lui en offrirait une avec beaucoup de diamants.
- Il faut juste que tu sois patiente, avais-je ajouté avec un sourire bienveillant.

La télévision tournait en boucle dans le salon: dessins animés, jeux, films interdits aux moins de seize ans, tout était bon pour constituer une occupation pour les enfants pendant que Grégoire et moi sillonnions le parc du coin. Les bancs étaient tous pris par des papys et mamies visiblement très impliqués dans une conversation revêtant un caractère très important: leurs anciennes amours. C'est naturellement que nous avions décidé de nous allonger dans l'herbe avec le soleil qui nous tapait en pleine figure: véritable caresse estivale pour Grégoire, légère agression pour ma part. Sans dire un mot, je m'amusais à obser-

ver les passants, il m'avait été donné à voir des couples de trentenaires qui, à en juger par leur démarche, avaient l'air aussi malheureux qu'une poésie mal récitée dont les vers auraient été brisés. Un homme accompagné de sa grande Heineken faisait les cent pas dans les allées feuillues, j'ignore où il voulait en venir, il me semble qu'il ne le savait même pas lui même. Une mare permettait aux canards de tranquillement barboter avant qu'une oie ne vienne les déranger dans leur plan drague. Je me régalais de ce spectacle sans voix quand soudain Grégoire s'était raclé la gorge et m'avait déclaré:
-Un enfant…Je veux un enfant de toi. Je veux une petite, qu'elle te ressemble, qu'elle ait ta délicieuse fossette à la joue gauche ou droite si elle le souhaite, je m'en fous, mais pitié, qu'elle te ressemble!

Procréer. Enfanter. Porter la vie. Voilà ce que Grégoire me demandait. Il voulait redémarrer une vie familiale à plein temps. Je ne sais pas si j'étais prête mais j'ai dit oui, un grand oui, dignes de ceux que l'on entend dans les fameux télé crochets lorsqu'une voix chargée en émotion se dépose délicatement dans les oreilles d'un jury des plus intransigeants. Sa voix à lui, en tout cas n'était pas dépourvue d'émotion, elle tremblotait, c'était agréable et cela me rassurait. Il transpirait la sincérité et la tendresse et moi je transpirais tout court sous ces 33°C.

Comme victime d'un coup de folie, j'avais presque envie de lui crier « Allons-y, allons créer Leah ou Ethan» mais Lisa et Paul avaient envahi le salon où cette abrutie de télé braillait. L'encre n'avait pas encore fait son entrée sur leurs nombreux cahiers de vacances, l'été n'avait pas été très florissant, ils avaient gardé leur virginité un bon moment. Les doigts des enfants préféraient s'agiter sur la manette de la console de jeux, c'était presque étourdissant de plaisir pour eux, à la limite du tolérable pour mes yeux.

Main dans la main, nous avons emprunté le chemin qui menait à l'appartement. Lisa m'a sauté au cou et confié qu'elle me trouvait «éclatante». Un tel adjectif m'avait fait sourire venant de la bouche d'une gamine de huit ans. Je me suis observée dans la glace de la salle de bain et en effet, je l'étais. Je respirais la béatitude, nul besoin de minauder, mon visage était littéralement exalté. Je me suis maquillée, barbouillée les lèvres de rouge comme pour me la jouer grande dame, celle que je m'apprêtais à être puisque Grégoire voulait me donner une petite fille. Il la souhaitait brune et toute bouclée avec de jolis yeux en amande et une grosse fossette au creux de la joue. Plus je m'étudiais dans le miroir à demi brisé, plus je m'interrogeais sur les ressemblances que Leah et moi pourrions

avoir. Aurait-elle également de longs cils? Aurait-elle comme moi la larme facile? Et si c'était un garçon? Aurait-il ma fragilité et les failles que je tente de cacher? Réussirait-il à rester fort malgré les torrents de tristesse que l'on rencontre dans la vie? Parviendrais-je, sans trop de douleur, à rendre heureux des enfants, à ne pas leur transmettre les angoisses qui me dévoraient de l'intérieur? Grégoire a frappé à la porte, j'imagine que ma présence lui manquait.
- Cette nuit, lui avais-je soufflé.

Il m'avait regardé amoureusement, il avait compris ma proposition. D'un geste plein de douceur, il avait caressé mon visage, touché mes lèvres fraîchement maquillées et les avait embrassées. Son haleine était chargée en tabac froid et rosé du matin mais je m'en moquais. Il s'était lentement placé derrière moi puis, sa main souriante était délicatement descendue se poser sur mon ventre. Nous nous sommes longtemps regardés, nous voulions voir quels parents nous deviendrions. Nous en avions presque oublié que Lisa et Paul se chamaillaient devant la manette de jeux, nous étions devenus de parfaits égoïstes lui, mon ventre et moi. Des cris apeurés d'enfants en pleine nuit. Des éclats de rire intempestifs au bac à sable. Des chutes de vélo dans les jardins publics. Des tours de manège à vous étourdir et à vous laisser le compte bancaire sur le carreau voilà ce qui nous animait.

La couleur jaunâtre qui habillait chaudement le ciel s'était légèrement éclipsée pour laisser ce dernier se teinter de noir et annoncer l'arrivée de la nuit. Notre nuit. Celle que nous avions attendue. Plongés dans un lourd sommeil, Lisa et Paul ne faisaient aucun bruit, pas l'ombre d'un ronflement, seule leur respiration indiquait qu'ils s'étaient rendu au pays imaginaire. J'avais revêtu une légère nuisette bleue à petits pois blancs, Grégoire en proie à la gourmandise m'avait d'abord déshabillée d'un regard qui se voulait envoûtant avant d'y planter les dents. En quelques minutes, je me suis retrouvée nue comme une clémentine que l'on aurait privée de toutes ses épluchures. Il avait trouvé ma peau sucrée, un peu à l'image d'un pain d'épices négocié sur le marché, les calories en moins. Il s'était régalé de l'odeur que mon corps lui servait, chacun de ses pores lui proposait une note riche en saveur.

La porte donnant sur notre chambre avait été soigneusement fermée à clé afin de protéger les enfants de nos éventuels gémissements endiablés. Ma bouche n'avait pas vraiment émis de sons mais le lit avait parlé pour nous deux. Celui-ci avait commencé par vibrer puis se calant sur les va et viens que Grégoire envoyait, il s'était mis à brailler tellement fort qu'il parvenait aisément à recouvrir les cris des connards qui donnaient une fête à l'étage. Non, je n'ai pas joui, pas cette fois-ci, pas le moindre soupir, pourtant le désir s'était installé au premier rang. Les mouvements qu'il dessinait dans mon bas ventre étaient éloquents, puissants, saisissants. Je n'ai pas bien capté mon silence mais j'ai compris l'absence de celui de Grégoire. Sa respiration saccadée et son souffle contre ma poitrine m'ont laissée entendre que sa semence était arrivée à bon port.

Rempli de tendresse, il a joué les prolongations en m'encerclant de ses bras. Je me suis sentie telle une actrice en perte de texte, je ne trouvais plus mes mots, j'étais incapable d'habiller ma bouche d'une petite mot plein de fougue. J'avais cependant reçu une flopée de ravissements pour les oreilles et de tendres baisers étaient venus se loger entre ma poitrine dont les tétons pointaient, signe que l'excitation avait tout de même pénétré mon corps. J'ai, pendant l'espace d'une seconde souhaité regagner ma nuisette, je ne supportais pas les traces qui s'échappaient de ce que je tenais de plus intime. Au lieu de cela, j'ai conservé ma nudité et j'ai levé les jambes au mur, ma tête couchée sur l'oreiller, mon regard traînait sur les lignes d'un roman prêt à être achevé.
- Que fais-tu dans cette position ? m'avait-il demandé perplexe.

- Je favorise la fertilité, j'ai lu ça quelque part, ai-je affirmé sûre de moi.

Je n'y connaissais franchement rien et m'étais laissée convaincre par un magazine féminin qui se plaisait à jouer les experts devant des lectrices novices en matière de biberons, couches culottes et autres joies de la maternité. Il m'avait lancé un sourire avant de se fondre à mes côtés. Il n'avait pas lésiné sur le parfum, je venais de m'en apercevoir, ce dernier m'avait arraché trois éternuements à la chaîne.

La chambre des petits se tenant juste sur notre droite, Lisa n'a eu qu'à faire quelques pas pour tapoter à la nôtre. Elle portait un livre rempli d'images d'animaux des fables de la Fontaine encore plus volumineux qu'elle. Ses fortes lacunes en lecture ne l'empêchaient nullement d'apprécier les couleurs et les dessins dont ils regorgeaient. Lisa n'avait pas encore pipé mot que je devinais le motif de son irruption dans la chambre.

- Il est tard, tu devrais retourner sous ta couette, lui a ordonné son père d'un ton à demi gêné même s'il avait très souvent déambulé dans l'appartement le sexe fièrement à l'air comme s'il souhaitait lui rendre sa toute première fraîcheur façon savon de Marseille. Lisa a émis un grognement d'insatisfaction puis a fait tomber le livre sur le sol avant de tenter de chiper le renseignement qui lui tordait la bouche.

- Je vais avoir une petite sœur ?, les yeux écarquillés d'excitation telle une élève ayant soufflé la bonne réponse à sa copine. Sa curiosité n'avait pas été satisfaite, elle quémandait la satiété mais l'heure tardive dans laquelle la nuit s'enfonçait l'avait forcée à rebrousser chemin et à se glisser dans son lit fortement achalandé en peluches Disney. Les fables de la Fontaine sont restées dormir au bas de notre couette. J'ai, comme à mon habitude envahi la place droite du lit et Grégoire a volé quelques centimètres de mon espace. Tout blotti contre moi, il m'a susurré un flot de douceurs des plus inattendues. Je me suis légèrement dit que c'était fou d'aimer ainsi mais je savourais ses paroles avec autant de délice qu'une poignée de chichis sur une plage en été. Je ne donnais presque rien en échange, c'était gratuit, je tendais simplement la bouche et me laissait abreuver de ses délicatesses. Je ne sais plus vraiment ce qui a donné suite à toutes ses paroles, je me suis endormie avec la main de Grégoire posé sur le bas ventre.

Aigreurs d'estomac, douleurs abdominales, modification du goût, fortes nausées…
Je n'ai pas éprouvé le besoin d'aller flâner plus loin sur des forums souffrant de fautes d'orthographe, pour moi, cela ne faisait aucun doute, j'étais enceinte. Grégoire avait tapé dans le mille. Le coup avait réussi. Je passais des heures enfermée dans la cuisine comme pour esquiver le regard curieux des enfants, mon ordinateur était assis sur la table à peine débarrassée des orgies de bonbons et gâteaux de la veille. Je me sentais comme dans une salle d'attente au milieu de toutes ces bonnes femmes qui évoquaient leur constipation plus qu'occasionnelle sauf que personne ne détenait la brillante plaque de médecin. Je sortais très peu et quand je parvenais enfin à lâcher ce qui constituait mon unique fenêtre sur le monde, je jouais la prisonnière dans la salle de bain, j'y passais des heures, je n'en sortais plus. Je me mettais de profil et au lieu de placer l'attention sur mon visage, j'observais mon ventre que je voulais voir s'arrondir comme annonciateur de l'arrivée de Leah ou Ethan. Je guettais les moindres signes de fringale, les envies de rubans acidifiés multicolores se faisaient cruellement sentir au point d'en ressentir de forts tiraillements. Les crises de larmes difficilement contrôlables devant la télé venaient m'assaillir lorsqu'un parfait inconnu peinait à livrer la bonne réponse pour un gain de 10.000 euros à la clé. Les odeurs riches en transpiration que nous of-

frait cet offensif mois d'août agressaient mes délicates narines lorsque affublée d'une robe deux tailles au dessus de la mienne je m'aventurais dans un métro bondé. J'en étais même à ne plus pouvoir endurer le parfum qui se dégageait de Grégoire, je ne pouvais vraiment plus le sentir. De vilaines nausées me gagnaient à chaque fois qu'il s'approchait de moi. Cette senteur entêtante tel un vilain leitmotiv dont on ne pourrait se défaire venait valser sous mon nez et me faisait régurgiter.

J'ai toujours aimé la musique, si ma mère ne s'était pas cloîtrée dans un bureau de 6 m² à s'en faire saigner les doigts sur cette foutue machine à écrire sur des sujets peu entraînants, elle aurait volontiers fait le petit rat à l'Opéra et ses pas auraient effectué de jolis tracés sur un parquet fatigué d'être martelé par les pas. Moi aussi, je prenais plaisir à danser. Avec Lisa et Paul, les mélodies méditerranéennes jouaient à plein tube dans le salon, les jouets avaient été soigneusement rangés dans la grosse malle décorée de stickers Playmobil. Leurs chaussures avaient été délaissées et ils s'adonnaient frénétiquement à des mouvements des plus farfelus, ça partait clairement dans tous les sens, ça sentait la sueur à en faire fuir une ob-

sédée du gel douche. J'optais pour une cadence moins rythmée, plus douce de peur de perdre le petit bout de vie que je sentais en moi. Un simple hochement de tête faisant l'affaire. Lisa m'avait ainsi prise par la main.
- Agite-toi. Fais comme nous.

    La musique jouissait d'un rythme fort engageant mais pour autant je refusais d'accélérer. Je dansais à contre tempo. J'offrais de timides pas à une partition totalement déjantée. Grégoire me surveillait avec diligence, il avait peur lui aussi. Peur que Leah ou Ethan ne survive pas à cette danse. Les fenêtres grandes ouvertes permettaient à une ravissante conne d'imposer sa conversation téléphonique à toute la résidence. Elle s'en grillait une pendant que tout son poids reposait sur la rambarde d'un balcon habillé d'un cactus de la taille d'un nain de jardin. Madame Fradin venait de se faire larguer en plein été et partageait la nouvelle avec tous les voisins. Elle hurlait, les pleurs se mêlaient aux lambeaux de mots qu'elle envoyait. Une vraie mitraillette. Nous étions en face, à baigner dans la béatitude et le bien-être. Un vrai contraste s'opérait par fenêtres interposées. Une relation mourait alors que moi j'en créais une toute nouvelle. Un léger vent de compassion soufflait en moi. J'avais aussi été abandonnée, plaquée, larguée, congédiée, recalée telle une employée n'ayant pas donné entière satisfaction. J'avais signé plusieurs CDI mais les contrats avaient été rompus avant la fin de l'essai. Incompatibilité fut la raison souvent évoquée. Cette douce madame Fradin se déchaînait sur sa longue chevelure frisée, elle s'évertuait à la raidir en prenant ses gros doigts pour une brosse à brushing. Une bourrasque de nervosité la tenait alors que l'allégresse nous animait. Je n'avais jamais vu Grégoire si enchanté, si possédé par la joie. Il allait être père pour la troisième fois, il le sentait. Son premier mariage lui avait offert deux magnifiques enfants. Lisa parlait de nous quatre comme d'une famille. Paul acquiesçait timidement derrière sa longue frange.

Un jour, Lisa a comparé mes cuisses à celles de sa mère et là, j'ai compris que j'avais un peu trop côtoyé les rondelles de saucisson. Le sourire qui, habituellement maquillait mon visage s'était aussitôt fendu. Grégoire lui, se régalait de mes rondeurs, il me trouvait féminine à souhait et acceptait toutes mes imperfections. Il appréciait que je réunisse mes longs cheveux pour en faire un chignon qui me conférait un air de professeur d'anglais à l'accent so British, tasse de Darjeeling prise entre deux doigts. Il affectionnait ma toison qui me donnait des airs de femme des seventies. J'avoue ne jamais avoir compris son goût très prononcé pour ce genre de coupe vintage.

Le mois de septembre s'était faufilé dans le calendrier chassant ainsi août et sa redoutable chaleur. Les enfants avaient repris le chemin de l'école, leurs cahiers de vacances eux, avaient toujours pris une autre direction, celui de l'école buissonnière. Ils n'avaient jamais été effeuillés. Ce qui habillait ce que je possédais de plus intime avait reçu quelques gouttes suffisamment colorées pour me laisser penser que l'existence de Leah ou Ethan était plus que compromise. Une copieuse larme avait déferlé le long de ma joue à l'annonce de cette sinistre découverte. Les joues de Grégoire se sont empourprées elles aussi. Il n'a pas voulu que je me mange sa tristesse en pleine face alors il s'était enfermé dans la cuisine et avait fait sauter un bouchon. Non, ce n'était pas du champagne, rien à fêter. C'était une bouteille de vin, de la piquette du Franprix du coin, tellement forte que je la sentais à travers la porte. Ça empestait. Ses larmes me piquaient les yeux. Il n'était ressorti que trente minutes après, prise dans ses bras, il m'avait chuchoté à l'oreille :`
- On réessayera le mois prochain. Promets le moi. Je veux un enfant de toi.

Je n'ai pas offert de réponse, je ne savais pas quoi dire. Copie blanche. Les racontars de bonnes femmes dont l'orthographe était plus que mal soignée m'avaient fait vivre une grossesse placebo. Je m'étais sentie aux premières loges. Je désirais tellement être enceinte que j'avais littéralement cru porter la vie. Mon corps s'était alourdi, mes seins plus durs avaient foncé, les tiraillements dans le bas ventre m'avaient tenue éveillée en pleine nuit. Caro62 décrivaient les mêmes symptômes et elle en était à son septième mois. Luna4 venait de faire un test suite à des insomnies entre 1h et 4h et il s'était révélé positif. Comme envahie par un sentiment d'injustice, j'ai supprimé mon profil et laissé ces demoiselles à leur charmante grossesse.

Rongé par une immense peine, Grégoire s'était refermé sur lui-même telle une moule craignant d'être dévorée. Il se cachait du monde, vivait reclus dans la cuisine. Ses petits verres de vin l'accompagnaient désormais au quotidien, les clopes salissaient de nouveau le cendrier. J'ai tenté de donner un second souffle à ma plume qui s'était elle aussi évanouie. J'ai parcouru des lignes avec elle comme pour oublier, partir, fuir cet homme que je ne reconnaissais plus, que je ne désirais plus.
Les tickets de caisse du supermarché témoignaient clairement de la présence d'alcool dans le frigo. Il

renfermait désormais plus de liquide que de solide. Les petits avaient déserté la vie que nous nous dessinions, les malins avaient embarqué la boîte entière de crayons de couleur. Je ne reconnaissais plus celui que j'avais aimé, que j'avais cru aimer. Il s'était comme muré dans un silence dont il ne sortait que pour me demander un enfant. Je n'en avais plus envie. L'heure n'était plus aux grandes déclarations et encore moins à la procréation.

Un beau matin pluvieux, digne de ceux que le mois d'octobre est capable d'offrir, il avait sorti un cahier rouge et avait noté la date de mon ovulation. Il voulait essayer à nouveau, que ça ne loupe pas cette fois-ci. Deux sentiments angoissants s'emparaient désormais de moi. Cette étrange sensation que Grégoire cherchait non seulement insidieusement à me quémander du sexe tel un mendiant cherchant à gratter sa pièce tout en prenant au passage mon ventre en otage.

J'allais définitivement écoper de neuf mois de prison ferme sans possibilité de remise de peine, huit si je m'en sortais bien. Je crois que cette idée de bébé c'était pour lui un moyen de me posséder mais surtout de m'enfermer à perpétuité.

- Grégoire, j'ai besoin de me retrouver, je vais retourner un temps chez ma mère. En bonne lâche que j'étais, je me suis délestée de ces quelques mots afin de clore le chapitre, voire tout le livre avant de le refourguer à la bibliothèque. Non, je n'ai pas voulu que ses oreilles se frottent au mot rupture, je le trouvais trop agressif. J'ai préféré lui laisser entendre qu'un retour était possible afin de lui éviter la brutalité de cette nouvelle en train de naître. J'avais, il est vrai, besoin de rassembler mes idées comme un jeune premier rassemblerait des fleurs pour en faire un bouquet de fin de scène. Notre amour ne tenait plus debout, il n'avait même plus de racines, elles avaient été bouffées, il ne restait plus que les épines, celles qui blessent et font saigner. Plus de pansements pour stopper l'hémorragie, calmer la douleur ne serait-ce qu'un brin, le temps d'un court instant. Oui, je me suis enfuie, j'ai quitté cette vie qui s'annonçait cauchemardesque, je me suis réveillée avant même de tomber dans un coma des plus profonds.
- Il faut que je récupère quelques affaires, lui avais-je annoncé pleine de détermination.
- Je ne peux t'en empêcher, elles t'appartiennent. Mais, s'il te plaît, ne fais pas tes valises devant moi, la douleur serait trop vive.

Il n'a pas cherché à me retenir, il savait que mes jambes couraient loin devant lui. Sa canine n'y avait pas résisté, au restaurant, elle s'était brisée en cours de route. Le compte bancaire étant au point mort, il lui avait fallu attendre près de trois semaines pour retrouver sa dignité sauvagement endommagée. J'ai alors profité d'une énième consultation chez le docteur Bernot, sa charmante dentiste, pour m'introduire dans ce qui avait été notre conjugaison de sentiments et ainsi me faire la malle en douce. Accompagnée d'une flopée de valises, je me suis glissée dans la résidence qui autrefois jouissait de nos ébats, j'y ai croisé le gardien qui, colis à la main m'avait demandé comment je me portais.
- Comme un charme, merci et vous? Délicieuse journée, n'est-ce pas? avais-je fait d'une voix toute chantante.
- Pourvu que ça dure! avait-il claironné en déposant un colis «fragile» dans la boîte aux lettres d'un voisin fiché pour tapage nocturne.

Je ne lui ai pas avoué que l'on se voyait pour la dernière fois, j'ai eu peur qu'il m'abreuve de questions auxquelles je ne détenais pas les réponses. Pressée de goûter à la liberté, j'ai grimpé les escaliers quatre à quatre. Je ne me suis pas retournée lorsque Caramel, le caniche du voisin m'a gentiment aboyé dessus. En temps normal, je lui aurais volontiers livré une caresse ou deux sur le museau mais là, j'avais hâte, hâte d'en finir avec cette histoire que je ne pouvais plus dessiner. Je ne voulais plus m'employer à tourner les pièces du puzzle dans tous les sens, elles ne correspondaient plus à l'histoire que je cherchais à jouer. Grégoire pianotait seul depuis un petit moment, la partition m'avait comme échappée. Il valait mieux que je tire ma révérence.

J'ai placé la clé dans la serrure, ai délicatement tourné le verrou puis, non sans mélancolie, j'ai jeté un regard sur le lit. La peluche Minnie de Lisa y était couchée, elle me fixait, comme pour me dire: «reste, reste encore un peu, ne pars pas». Je ne me suis pas approchée de peur qu'elle aussi me parle, qu'elle me reproche de mettre le point final. Gênée, j'ai détourné la tête et j'ai envoyé un sourire à la bibliothèque pleine à ras bord. Il fallait que je récupère mes livres, je leur ai trouvé une place tant bien que mal au fond d'une de mes valises. Mes vêtements roulés en boule s'étaient nichés entre eux. J'ai fait le tour des 42 m² comme pour leur faire mes adieux, tournicoté autour du lit, Minnie somnolait toujours, ses yeux me dévoraient, je l'ai observée et lui ai dit: «Tiens, je te redonne la clé.»

J'ai fermé la porte en lui collant un grand coup en pleine face, j'ai cru que j'allais la démonter mais

plus solide que moi, elle a tenu bon. La liberté se tenait à quelques stations. Si j'avais les mains chargées, mon esprit lui, respirait de légèreté. L'envie de sautiller dans les rues de la capitale m'avait rejointe, peu m'importait la présence des nombreux badauds. Demain, ils ne se souviendraient plus de moi, tout comme moi, j'aurais oublié ce lieu où Grégoire et moi aurions pu continuer à défiler main dans la main à nous susurrer des mots pleins de miel à vous en coller les doigts. Sa canine retrouvée et de belles centaines d'euros virés sur le compte du docteur Bernot, Grégoire avait regagné l'appartement. J'ignore la mine qu'il a faite lorsqu'il a compris. Compris que c'était fini, que je ne reviendrais plus. Seules mes lunettes étaient présentes sur la bibliothèque dénuée de mes livres, à quoi bon, puisque maintenant je voyais les choses très clairement. Un SMS avait échoué sur mon portable.
- Mais...Mais tu as tout pris!
J'ai tapoté plusieurs lettres en guise de réponse et j'avais finalement tout effacé pour opter pour trois lettres brèves mais très parlantes:
- Oui.»
- Et la clé...sur notre lit!

Là, ma repartie s'était arrêtée, tout comme mon esprit avait cessé de vagabonder. Ses SMS s'étaient voulus très pressants, les photos de ses enfants venaient agresser mon portable, c'était Lisa en train de faire ses devoirs, Paul en train de jouer à la Playstation, Lisa ceci, Paul cela, le tout saupoudré d'une petite note qui se voulait tendre mais qui m'arrachait des spasmes d'angoisse. Pourquoi utilisait-il l'amour que je portais à ses enfants? Il pensait me retenir, il me tenait encore plus à distance. Il jouait les tapis pleins de poussières sans même le réaliser. Il me faisait penser à toutes ces femmes que j'avais traitées de clitoris assoiffés qui, dans l'attente d'un mot, d'un seul, étaient littéralement prostrées à attendre la gueule ouverte qu'on les nourrisse, qu'on leur confie un peu d'amour. Une de mes culottes dormait paisiblement dans le bac à linge sale et Grégoire se plaisait à se la placer sous ses narines toutes quémandeuses de réconfort, elle lui faisait office de doudou. Dans son SMS, il m'avait avoué être juste bon pour l'enfermement. Là, je me suis dit que j'étais juste bonne à prendre la fuite, que ça puait clairement le dépôt de main courante. Cependant, je n'ai rien fait, je n'ai pas bougé. J'ai attendu qu'il revienne à la raison.

00:33, un SMS m'a tirée d'un sommeil fort agité, un autre signe de détresse de Grégoire. Une photo de lui cette fois-ci, une véritable vision d'horreur avait valsé sous mes yeux tout gonflés. Les siens bouffis de chagrin m'avaient aisément donnés à penser que les petits verres de rosé se faisaient sacrément apprécier. Sa maigreur m'avait fait comprendre qu'aucun aliment ne traversait son estomac, cet effroyable constat m'avait remplie de terreur. Je devinais également la désagréable odeur de tabac froid qui émanait de sa bouche amochée par le trop plein de médicaments.

Une épave, il me soufflait en être une. Protégée par mon écran, j'acquiesçai sans trop faire de difficulté. De nombreux dessins avaient atterri dans ma généreuse boîte aux lettres, des dessins de Lisa. Sur les feuilles reposaient une maison, une très grande maison au bord de la mer et, au milieu de celle-ci, j'y figurais avec Leah dans les bras. Leah... sa chevelure brune et toute frisée me rappelait sensiblement la mienne. Un poème de Paul habillé d'une petite dyslexie parvenait tout de même à briller par son incroyable justesse. Il avait compris. Compris qu'il n'y aurait jamais de Leah. Une fine larme avait maquillé mes yeux, je n'aurais pas dû ouvrir ces enveloppes qui renfermaient bon nombre de notes mélancoliques. Telle une voleuse de bonbons prise en flagrant délit, je me suis empressée d'enfouir le tout dans une pochette que j'ai cachée dans un tiroir de mon bureau sans jamais rouvrir ce qui ne fut qu'une parenthèse de vie.

Je n'avais jamais vu autant de monde dans cette bibliothèque, les gens s'attardaient dans les rayons de littérature étrangère à la recherche d'une œuvre d'un siècle passé. D'autres observaient d'un œil dubitatif les textes de loi incompréhensibles pour le commun des mortels. Munie des nombreux feuillets que j'avais écris au cours de ces derniers mois, je me suis dirigée vers une chaise à côté d'une dame d'un âge plus que certain qui n'avait de cesse de parler au livre à portée philosophique que ses mains empoignaient avec fermeté. D'un bond, j'ai quitté la table et suis allée flâner dans les allées, des livres étaient mal assis sur les étagères, je les ai ouverts pour me balader avec quelques personnages. J'avais ressenti de la compassion pour Bertrand qui avait fait une tentative de suicide, un peu moins pour Marie qui l'y avait poussé, je me suis intéressée à leur bout de chemin puis les avais laissés à leur problématique domestique. Je songeais très fortement à donner naissance moi aussi. Je voulais qu'un titre vienne se coucher au dessus de mon nom.
Un homme à la musculature aussi fine et élégante que celle d'un mannequin australien s'était avancé vers moi, nous voulions visiblement emprunter la même direction mais ce dernier, sûrement pris dans un flot de douces rêveries m' avait bousculée. Mes écrits s'

étaient envolés tels une nuée de papillons, pour se retrouver éparpillés à même ce sol sale et poussiéreux.
- Vous n'auriez pas pu faire attention?! avais-je fait quelque peu agacée.
- Je vais vous aider à tout remettre dans l'ordre, m'avait-il adressé sensiblement confus autant que ce bazar gisant désormais à terre.
- Ne vous donnez pas cette peine, fis-je nerveuse de ne retrouver l'ordre de mes pages dispersées. Ni une ni deux, cet homme tout droit sorti d'un magazine de mode s'était baissé pour mettre la main sur mes feuillets. Son regard s'était alors posé sur les mots qui les revêtaient, il cherchait à les analyser, à en deviner le sens caché.
- Ce texte est de vous ?
- Oui, avais-je avoué d'une petite voix timide et mal assurée. J'ai eu honte, vraiment honte qu'un inconnu se balade dans les moindres recoins de ma vie, de mon intimité, qu'il sache combien cette dernière avait joué avec moi et comment j'avais décidé de lui rendre la monnaie de sa pièce.
- Vous êtes auteure?
Un rire venu de nul part était alors venu briser ce silence qui courrait le long des allées. Un rire tellement exagéré qu'une vieille dame apparemment gênée de cet éclair de vie m avait balancé un sérieux «chut» en pleine face. Avec la chance d'un préservatif qui éclate au beau milieu de l'orgasme, le bibliothécaire

m'avait ordonné de quitter les lieux. L'homme m'ayant suivi jusqu'à la sortie, très certainement poussé par la curiosité d'en savoir davantage, c'était par la négative que je répondais à sa question. Je lui ajoutais que j'écrivais uniquement pour mon tiroir. Il m'avait dès lors répliqué que c'était une erreur de laisser dans le secret ces mots que j'avais apposés sur le papier.
- Que voulez-vous que j'en fasse?
- Faites le naître aux yeux du monde, donnez-lui un corps, une existence.
C'est sur cette simple phrase qu'il est reparti aussi brièvement qu'il était apparu, sous une pluie battante que le ciel nous imposait à en faire friser une japonaise au brushing des plus stricts. J'ai alors recouvert ma chevelure de ma capuche et rangé les feuillets bien à l'abri au fond de mon sac. Je suis ainsi rentrée chez moi, pensive à ce bien- être qui était enfin en train de naître en moi.

© 2018, Laura Friedmann

Edition : Books on Demand,
12/14 rond-Point des Champs-Elysées, 75008 Paris
Impression : BoD - Books on Demand, Norderstedt, Allemagne
ISBN : 9782322108565
Dépôt légal : Décembre 2018